SOUVENIRS PARTICULIERS

PASCAL SEVRAN

Souvenirs particuliers

ROMAN

ALBIN MICHEL

Première édition : Éditions Jean-Claude Lattès, 1990.
Nouvelle édition : © Éditions Albin Michel S.A., 2004.
ISBN : 2-253-11752-8 – 1re publication – LGF
ISBN : 978-2-253-11752-0 – 1re publication – LGF

Pour Stéphane et Anny.

À la mémoire de Emmanuel Berl.

L'espérance est un risque à courir.

BERNANOS.

Première partie

1.

Même pendant la guerre, elle dansait. Oui, ma mère était une personne plutôt excentrique et jalousée par les voisines du quartier parce qu'elle portait des talons aiguilles pour aller chez les commerçants et mettait sur ses lèvres un rouge aussi violent que celui des actrices qui souriaient sur l'affiche de l'Éden Montrouge.

Ça ne la dérangeait pas qu'on se retourne sur son passage.

J'avais l'impression, parfois, qu'elle prenait même un certain plaisir à choquer.

Elle était belle et j'aimais bien entendre dire que je lui ressemblais.

Un jour, elle s'est fâchée parce que je lui avais demandé de fermer un bouton supplémentaire à son corsage.

— Tu ne vas pas t'y mettre, toi aussi ! T'es bien un homme pour voir le mal partout...

Elle avait raison, j'étais déjà d'un naturel jaloux. Mon père aussi, mais plus distraitement que moi. Il avait confiance en sa femme et s'il trouvait qu'elle aimait un peu trop danser le tango, il préférait la voir s'amuser.

— Ne rentre pas trop tard, Josiane !

Je l'entends encore prononcer ces mots à la grille du jardin, le dimanche après le déjeuner.

Ma mère promettait et l'embrassait sur le nez en

appuyant pour y marquer l'empreinte de son « rouge baiser ». Puis elle glissait le billet qu'il venait de lui tendre sous la bretelle gauche de son soutien-gorge.

Après tout, ils s'étaient connus au bal musette et si mon père l'avait voulu, il aurait pu l'accompagner. Comme quand ils étaient fiancés.

Mais non ! La politique et le parti l'occupaient trop. Il militait sans relâche pour que les ouvriers, justement, puissent aller danser plus souvent.

Alors il regardait sa femme courir vers l'autobus, heureux autant qu'elle et, tranquille, revenait s'installer sur un coin de table, dans la cuisine, pour préparer sa prochaine réunion de cellule.

Petit, je restais auprès de lui, je l'aidais d'abord à essuyer la vaisselle ; ensuite, tandis qu'il travaillait, on écoutait au « poste » la retransmission des matchs de foot.

Le premier dimanche où ma mère m'a emmené avec elle, j'avais quinze ans. Mon père m'avait offert, à cette occasion, une chemise blanche et des boutons de manchettes plaqués or. J'étais content.

Il nous a laissés partir sans que l'on devine sa tristesse.

– Allez, sauvez-vous vite, vous allez être en retard...

Il n'est pas descendu nous accompagner jusqu'au bout de l'allée, mais il est resté un moment derrière la fenêtre à guetter le 68. Depuis la plate-forme, je lui ai fait signe de la main.

Mon père était ému, sûrement, de me voir si grand déjà au bras de ma mère. À sa place !

« Sochaux a gagné cinq à deux, je vous embrasse. À demain. »

J'ai longtemps gardé le morceau de papier, trouvé sur le buffet de la salle à manger, où il avait griffonné ce résultat avant de se coucher, de bonne heure. Il se levait tôt le lundi matin.

Ma mère marchait sur la pointe des pieds, ses chaussures à la main, pour ne pas faire craquer le parquet ciré.

– Tu vois, me dit-elle, papa dort ! On aurait pu danser encore un peu...

Si je raconte cela, c'est pour dire que mon enfance fut heureuse.

Je n'aurais pas d'excuses en cour d'assises.

J'ai grandi sous la photo de Joseph Staline, en écoutant les chansons d'André Claveau. Il y a des choses plus traumatisantes dans la vie d'un enfant et, même si les fils du quincaillier traitaient mon père de « coco cocu », je préférais le mien au leur.

C'était il y a longtemps, mais je garde un bon souvenir de ces années-là, quand les femmes et les curés portaient des robes.

Je n'allais pas au catéchisme, mais je les voyais longer le mur du pensionnat, une haute bâtisse grise où quelques-uns de mes copains s'ennuyaient le dimanche, tandis que je suivais mon père, porte de Montreuil, pour écouter Jacques Duclos, un petit gros avec des lunettes, qui avait un accent de la campagne et criait des choses terribles contre les Américains.

J'adorais ces grand-messes, pleines de drapeaux rouges, où l'on buvait de la bière au goulot.

Une fois mon père a parlé, lui aussi. On a annoncé une intervention du camarade René Mercadier, de la Fédération Seine-Sud. Il est monté sur l'estrade, avec à la main plusieurs feuilles de papier quadrillé sur lesquelles, toute la semaine, je l'avais vu penché, comme un écolier studieux.

Je me rappelle surtout l'avoir entendu évoquer la « guerre froide » et la « lutte des classes ». Deux expressions épatantes qui bercèrent ma jeunesse, sans m'inquiéter pour autant. La « lutte des classes », cela désignait pour moi des rivalités de bandes au lycée Jules-Ferry.

J'ai appris depuis que tous ces discours n'avaient qu'un très lointain rapport avec les jeux de billes.

Même si je sais que la guerre commence parfois dans les cours de récréation.

Ma mère aussi était communiste, au grand étonnement des camarades du parti qui la trouvaient bonne fille, mais pas vraiment typique du genre. Les soirs où la réunion de cellule avait lieu chez nous, elle faisait un effort pour participer aux interminables discussions, à propos du plan Marshall, ou de la ligne du prochain congrès...

Si je ne craignais pas de la décrire comme une femme frivole, je pourrais laisser entendre que la seule ligne qui la préoccupait était la sienne.

— Je ne rentre plus dans ma robe mauve, ça ne peut pas durer...

Mon père et moi savions que cette douloureuse constatation entraînait la suppression immédiate, et pour une durée indéterminée, du sel, du pain et de la mousse au chocolat, sa spécialité.

— Un petit régime ne nous fera pas de mal !

Nos protestations n'y changeaient rien. Il fallait attendre que Josiane puisse de nouveau enfiler sa robe mauve pour que réapparaissent les gâteaux sur la table familiale.

Rien de grave en somme.

Ma mère me privait de dessert, mais jamais de dancing.

Elle signait mon carnet de notes sans faire de drame, ce qui simplifiait la vie du passionné de football que j'étais. Plus attentif aux exploits de Raymond Kopa qu'aux exercices de sciences naturelles ou de mathématiques. Je connaissais par cœur le nom des stades municipaux de la banlieue sud, ma ligne d'horizon s'arrêtait aux tribunes de l'Olympic-L'Haÿ-les-Roses.

2.

Cet hiver-là, ma mère tricotait un pull-over pour le bon Joseph Staline, et j'allais vendre *L'Humanité-Dimanche*, sur les marchés de Montrouge, en courant après les vieilles dames pour leur faire peur.

Des plaisirs bien innocents, on le voit, qui ne me préparaient pas à tomber amoureux, tour à tour, d'un expert diplômé, d'une meneuse de revue et d'une actrice italienne.

Non, rien d'aussi beau n'était promis au fils de René Mercadier, secrétaire-trésorier de la Fédération Seine-Sud du Parti communiste français.

Mon père qui, je le répète, était un homme de conviction, m'empêchait de chanter *Maréchal, nous voilà !*, une chanson entraînante qui me plaisait beaucoup pendant la guerre.

– Tu es fou, mon garçon, les camarades pourraient croire à une provocation ! Apprends plutôt *L'Internationale*... elle ira mieux avec nous.

Quand il parlait de « nous », mon père pensait à nous, bien sûr, mais il voulait dire aussi la famille des communistes, celle qui l'avait adopté aux plus belles heures du Front populaire, quand il entra à la Compagnie des chemins de fer de l'Ouest. Il avait raison ; les camarades du dépôt de Montrouge qui venaient à la maison discuter « des justes revendications des travailleurs du rail » n'avaient pas tellement d'humour. De braves gens, pourtant, qui s'étaient cotisés pour m'offrir un train électrique. À dix ans, on croit forcément aux chansons patriotiques ! Ce n'est pas ma faute si ma préférée a laissé de mauvais souvenirs dans la mémoire des Français. Je la chantais dans ma tête quand je voyais passer le fourgon noir qui ramenait chaque soir en prison le grand-père aux joues roses, dont le portrait surplombait le bureau de ma maîtresse d'école, quelques mois auparavant.

Nous habitions le coin de la rue qui conduit au fameux Fort de Montrouge. Du jardin nous pouvions entendre en écho le bruit sec des fusils qui claquaient au nom du peuple.

Il faut grandir pour comprendre qu'il y a de bons et de mauvais coups de feu.

Un jour, beaucoup plus tard, j'ai appris que l'histoire ne fait pas toujours la différence entre les poètes et les salauds. J'ai même compris depuis qu'on pouvait être les deux à la fois.

– Un de moins ! disait Georges, le chef de mon père au syndicat des cheminots.

De qui parlait-il ?

Des fois c'était « marqué » dans le journal du lendemain. On avait fusillé un « traître » à 12 h 32 tandis que je grimpais au cerisier pour apercevoir les soldats, mais il ne suffit pas de remonter la rue Adrienne-Lecouvreur à Montrouge pour vérifier son enfance. Sachant cela, j'aurais dû renoncer à cette promenade incertaine.

La maison est habitée maintenant par un couple d'écologistes, végétariens, qui regardent courir des ronces sur la véranda. Le cerisier ne donne plus de fruits. Les volets de ma chambre, au premier, sont fermés. Ces gens ont même dessiné des arabesques de couleurs criardes sur le garage en brique de mon père. Quel dommage !

Je sais aussi qu'ils hébergent des musiciens de hard-rock. Quand ils auront un fils, ils le laisseront sauter à pieds joints sur ma pauvre balançoire...

On ne fusille plus dans le quartier, mais le bruit des voitures couvre le grincement si particulier des grilles de jardin.

Tant de choses encore pourraient me faire douter de mes propres souvenirs.

L'échoppe du cordonnier, par exemple, il n'y avait que moi pour la trouver belle. Si j'insiste, on me dira qu'elle n'a jamais existé.

Quel manque de gratitude pour le travail méticuleux du brave M. Baumgartner !

Par les temps qui courent, plus personne, évidemment, ne fait réparer ses chaussures.

Il faut être bien démodé pour s'attendrir sur le sort d'un artisan qui n'aurait sans doute pas supporté de voir le monde marcher en sandales.

Pour les fêtes de fin d'année, depuis le premier Noël de la paix en 1945, il décorait sa vitrine de minces guirlandes argentées et d'un fil de petites ampoules multicolores et clignotantes.

Exposées sur une planche recouverte de papier crépon, les chaussures refaites à neuf et les boîtes rondes de cirage ressemblaient à des cadeaux de pauvres. C'était joli.

Quand on poussait la porte de la boutique, un grelot tremblait pour annoncer les clients.

À qui pourrais-je parler, sans trop faire pitié, de M. Baumgartner, le cordonnier de la rue Adrienne-Lecouvreur à Montrouge ?

La nostalgie n'est pas la chose au monde la mieux partagée. C'est pour cela que je préfère dormir seul.

Mes parents vivent en province maintenant, sur les bords de la Gartempe, une rivière de la Haute-Vienne, qui n'a d'importance que pour eux.

Ils trouvent bizarre que j'écrive des livres, moi qui n'aimais pas l'école. Mon père y découvre avec curiosité mes mauvaises fréquentations ; ma mère – je la reconnais bien là – préférerait des beaux romans d'amour avec un début triste et une fin pleine d'espoir.

Elle ne changera jamais ! Moi non plus.

J'ai cru longtemps que l'aventure commençait à la porte d'Orléans, dans le quatorzième arrondissement de Paris.

Vus du jardin de mes parents, à Montrouge, la rue d'Alésia et le Lion de Belfort annonçaient des fêtes bruyantes et interdites aux gens de notre condition.

Plus tard, je suis allé, moi aussi, boire du whisky américain à Montparnasse où il se passe tant de choses intéressantes.

3.

À tout moment je peux présenter mes papiers d'identité. Mon nom ne dit rien à personne, mais j'ai bonne mine et, par bonheur, je suis français, ce qui m'évite pas mal de complications dans les commissariats de police.

Nom : MERCADIER
Prénom : Manuel
né le : 16 octobre 1937 à Montrouge
de : Josiane LANGLOIS, manutentionnaire
et de : René MERCADIER, cheminot
yeux : bleus
cheveux : blonds
taille : 1,75 m
signes particuliers : néant.

Qu'en savent-ils les braves gens ?

Cette absence de précision me protège des tracasseries administratives et pourtant, elle m'agace.

J'aurais voulu être remarquable au contraire.

J'ai fait des efforts en vain.

Ma mère se souvient de mon goût pour le trapèze volant : rien ne me semblait plus beau. Avec un peu de ténacité j'aurais pu faire mourir de peur deux mille spectateurs éblouis d'admiration.

J'aurais pu tout aussi bien me faire remarquer par l'entraîneur du Real Madrid et me retrouver ailier gauche dans le célèbre club de football.

Mon père n'était pas aussi optimiste que moi mais il m'encourageait malgré tout.

J'ai songé un instant à me lancer dans la chanson moderne, le rock and roll, par exemple. Cette musique me plaisait à l'époque. On n'est pas difficile quand on a dix-sept ans ! J'avais même commencé à apprendre la guitare et le solfège, preuves bien inutiles de ma bonne volonté.

Des ambitions diverses, on le voit, qui devaient m'apporter la gloire et me permettre, un jour, de publier mes Mémoires pour en faire profiter les foules anonymes.

On a toujours tort de renoncer à ses rêves d'enfant. Le temps passe et l'on s'attarde au bar du dancing de La Coupole avec des femmes d'autrefois qui vous appellent « mon petit ».

Je suis donc devenu gigolo par hasard. Je n'avais rien de mieux à faire ce jour-là.

Enfin ! pas vraiment gigolo. Le mot est joli mais il ne convient pas exactement. On disait : danseur mondain. Il faut pour cela des compétences supplémentaires. Ma mère n'avait sans doute pas imaginé que j'en ferais si bon usage !

Je venais de terminer de vagues études commerciales et j'étais censé chercher du travail, ce qui est toujours un peu humiliant pour un jeune homme qui a des prétentions artistiques.

Alors pourquoi suis-je descendu au sous-sol de La Coupole, ce lundi de septembre 1957 ? Peut-être pleuvait-il à Paris ce jour-là ! Je ne sais plus. Je peux affirmer que je l'ai fait sans préméditation.

L'orchestre jouait sur un rythme typique, un morceau en vogue, *El Conchita*. Les amateurs en raffolaient. L'ambiance me plut immédiatement, langoureuse au premier coup d'œil ; rien à voir avec les matinées dansantes où ma mère courait s'amuser. C'est elle, pourtant, qui m'avait appris à aimer ces endroits rouge et noir où, gamin, je pressentais déjà des fêtes moins anodines.

Le barman, avec qui j'ai sympathisé aussitôt, m'avait prévenu :

– Le lundi est un bon jour, tu verras...

– Des commerçantes, peut-être, qui viennent se délasser ? dis-je d'un air entendu.

Ma naïveté le déconcerta. Il me renseigna :

– Nos clientes ne vendent pas, me dit-il, elles achètent... Tu vois la différence ?

J'ai vu très vite, en effet, et comme je savais danser il me trouva des partenaires aimables.

Voilà comment, à partir de ce lundi-là, j'ai pris des habitudes au dancing de La Coupole, boulevard du Montparnasse.

Quand je rentrais dormir à Montrouge, ma mère brossait négligemment le col et les épaules de mon blazer bleu nuit où traînaient des cheveux blond cendré, preuve charmante de quelques tangos chaleureux.

– Tu rencontres beaucoup de secrétaires, me disait-elle, et pourtant tu ne trouves pas de place. Ou tu n'as pas de chance, ou tu ne sais pas t'y prendre...

Elle n'en croyait pas un mot, mais elle attendait que j'avoue. J'aurais dû lui faire partager mon enthousiasme, elle pouvait comprendre que je lui ressemble. Mais comment lui expliquer, sans mentir un peu, que des dames payaient pour danser dans mes bras ?

De bons débuts dans la vie pour un jeune homme de banlieue normalement promis à une destinée moins flamboyante !

Mon copain François, qui travaillait dans un bureau d'architectes, n'était pas de cet avis. Je lui avais confié mon secret. Il me fallait un complice. Mes anciens camarades de classe auraient rigolé comme des ânes.

— Danseur mondain ! Tu parles d'une carte de visite, me dit François. J'espère que tu n'es pas sérieux !

Il m'aurait préféré fonctionnaire ou séminariste ; le bal l'après-midi me semblait quand même plus attrayant.

Le manège commençait vers dix-sept heures ; l'orchestre de Bob Bennett attaquait une première série de cha-cha-cha, tandis que je faisais un tour de piste pour saluer le personnel et les habitués, avant de prendre position à la place que m'avait indiquée le barman.

— Il faut respecter les rites, mon p'tit père ! La Coupole est une vieille maison qui doit tenir son standing !

Je n'étais évidemment pas seul sur le terrain. On avait inventé la mode bien avant moi et je devais faire face à une rude concurrence. On n'imagine pas le nombre de garçons disposés à offrir leurs services aux dames riches dans les dancings de Paris.

Certains, j'en suis sûr, prenaient des cours de perfectionnement chez Georges et Josy, une académie du boulevard Saint-Martin qui fait toujours recette plus de trente ans après notre folle jeunesse.

Luis, par exemple, avait une manière de renverser ses partenaires qui lui valait de beaux succès. Fils d'une famille de réfugiés espagnols, il était spécialiste du pasodoble. Je le regardais s'envoler sur le parquet ciré avec envie.

Luis fut mon modèle, son ancienneté dans la maison en faisait une vedette. Sa chemise, repassée par sa mère, était aussi blanche que ses dents. On comprend qu'il ne soit pas resté longtemps maçon à Ivry. Peut-être s'occupe-t-il aujourd'hui d'une discothèque sur la Costa Brava ?

Et les autres ? Jean-Pierre, Luigi, Raymond, Cricri, Sergeï aussi qui se faisait passer pour un prince russe en exil... que sont-ils devenus maintenant que nos mémoires s'embrouillent ?

Et les deux femmes qui se disputaient mes faveurs, pensent-elles encore à moi ? Je tremble en écrivant qu'elles sont peut-être arrière-grand-mères !

Evelyne Levarec se parfumait avec « Soir de Paris », de Bourjois, un flacon bleu marine de forme ovale, qui tomba de son sac sur le carrelage des lavabos de La Coupole, le jour où elle gifla Madeleine Verneuil. Quel chahut ! Leurs cris furent heureusement couverts par les musiciens de Bob Bennett.

Si je voulais exagérer, je dirais que je faisais des ravages. Mais ce serait trop ! J'avais pris le risque d'accepter une invitation à dîner chez Prunier avec Madeleine Verneuil et je savais fort bien que son chauffeur nous déposerait chez elle, boulevard de La-Tour-Maubourg.

C'était une personne entreprenante, divorcée d'un marchand de vins bordelais ; elle aimait boire de la vodka en nous tirant les cartes. Sergeï, avant moi, avait été son compagnon de fêtes.

À quatre heures du matin elle me prédisait un avenir radieux et, comme prévu dans les cartes, il commençait dans son lit.

– Rassure-toi, elle s'endort vite, m'avait dit Sergeï.

Madeleine Verneuil ne méritait pas tant d'insolence mais je ne peux pas faire l'amour avec les femmes qui gardent la photo de leur fils dans leur chambre à coucher. On ne se refait pas et je le regrette car je perdais de mon prestige pour un excès de morale un peu ridicule.

29

Evelyne Levarec, qui m'avait offert un costume prince-de-galles et une chevalière à mes initiales, n'accepta pas mes explications embarrassées. Il faut bien dire que personne ne peut croire qu'un jeune homme normal puisse refuser les avances d'une femme riche sous un prétexte aussi futile.

La scène des lavabos fut grandiose ; les effluves de « Soir de Paris » prenaient à la gorge dans ce lieu inattendu où deux femmes du monde se battaient pour mes beaux yeux bleus.

Je n'en demandais pas tant !

Evelyne Levarec, plus violente, défigurait à coups de rouge à lèvres cette pauvre Madeleine Verneuil qui la menaçait de son talon aiguille. Elle n'aurait pas assez d'un verre de vodka pour retrouver ses esprits.

J'ai pris la fuite sans parvenir à les séparer. Elles ont dû se réconcilier sur mon dos. On ne reste pas fâchées éternellement par la faute d'un blanc-bec sans éducation.

L'heure tournait et j'avais d'autres tangos en perspective.

4.

C'était au temps béni où il suffisait d'un peu d'imagination pour approcher les grands de ce monde et dissiper sa jeunesse de façon charmante. Je ne m'en privais pas.

Son Excellence Monsieur l'ambassadeur de France buvait du champagne-framboise en promenant son ventre dans les jardins du Casino de Marrakech, le vendredi de préférence. Tard la nuit.

La musique douce du piano-bar semblait accompagner les mouvements réguliers des jets d'eau lumineux qui montaient et descendaient sur un rythme dérivé du jazz.

J'étais mineur, ce n'était pas mon seul défaut mais je savais me tenir.

Monsieur l'ambassadeur de France aimait les petites filles blondes qui jouent à la marelle en suçant des glaces à la vanille, un modèle qui ne court pas les souks de la place Djemaa el-Fna. Cela le désolait, on s'en doute, et malgré mon désir de lui être agréable je ne pouvais rien pour lui.

– Vous comprenez pourquoi je m'ennuie ici, me dit-il et pourquoi j'en veux au Président de m'avoir nommé dans une région si mal desservie...

Il avait néanmoins accepté ce poste par devoir, le sens de l'État passant avant toute autre considération. Le Président du Conseil, son vieil ami de Sciences-po, lui avait dit en le raccompagnant sur le perron de l'Hôtel Matignon, le jour de sa nomination : « Fais pas la gueule, Robert, le Maroc c'est pas l'enfer. Essaie les petits garçons et dis-leur que tu t'appelles Lyautey, ça rappellera des souvenirs à leurs papas. »

– Ça ne me dit rien, vous comprenez mon jeune ami, rien... Je ne vais pas commencer une carrière de pédéraste à cinquante-deux ans uniquement pour me distraire, même les soirs où je ne peux pas m'endormir parce qu'il fait trop chaud !

Robert de Ricambon avait une manière de s'exprimer, un humour lassé, qui convenait bien à sa fonction. Je l'écoutais avec gourmandise me raconter, par le détail, les turpitudes des ministres et des rois qu'il avait été amené à fréquenter depuis son entrée au Quai, avant-guerre, quand notre empire colonial avait meilleure allure qu'aujourd'hui.

Sans doute Robert de Ricambon se vantait-il un peu, mais qu'importe ! Un diplomate n'est pas né pour dire la vérité. Je le croyais sur parole et je ne peux plus boire une coupe de champagne-framboise sans penser à lui.

Son Excellence savait choisir avec goût la couleur de ses costumes d'été et même s'il lui arrivait de laisser tomber la cendre d'une cigarette sur sa Légion d'honneur, son élégance naturelle n'en souffrait pas. Il avait ce côté « haut-fonctionnaire » qui plaît forcément en Afrique du Nord, là où les femmes du monde n'ont pas trop de distractions.

Ce vendredi soir, rien ne justifiait ma présence parmi les invités du gouverneur réunis dans les salons du Casino de Marrakech. Je n'avais aucun titre officiel si ce n'était la vive sympathie que me portait Robert de Ricambon.

Oncle André, son ami de la Résistance, apprenant mon voyage au Maroc, m'avait recommandé à lui en cas de besoin.

Une bonne idée puisque je m'étais fait voler mes papiers et mon sac de sport la nuit même de mon arrivée. Cette péripétie, certes contrariante, m'avait valu la chance de me retrouver avec du beau monde à manger des loukoums à la rose et à marcher dans les allées de la palmeraie aux côtés de l'ambassadeur de France. Un privilège qui n'est pas donné au premier fils d'ouvrier venu.

Après avoir réglé en quelques heures ce désolant problème de passeport, Robert de Ricambon s'était inquiété de savoir s'il me restait une veste présentable et un pantalon assorti.

— Venez me rejoindre au dîner du gouverneur. Vous verrez, lui et son entourage sont des hôtes très accueillants. Nous bavarderons de choses et d'autres et vous me donnerez des nouvelles du cher André. J'ai tant de souvenirs avec lui.

Voilà ! Tout a commencé le plus simplement possible, mais je n'ai pas osé dire à Monsieur l'ambassadeur que j'étais accompagné.

Le bureau de poste de Casablanca, où je venais de téléphoner, sentait l'encre et la menthe fraîche ; François terminait de signer une série de cartes postales.

— Il faut que je parte à Marrakech, lui dis-je, tu ne m'en voudras pas ?

— Non, me répondit-il, je t'attendrai.

Il y avait du bruit autour de nous, un bourdonnement,

une prière marmonnée depuis cent mille ans, mais je crois l'avoir entendu ajouter, comme pour lui-même :

– Je t'attendrai ! Il y a si longtemps que je t'attends.

Je l'aimais bien François ; je le trouvais un peu trop sentimental pour un garçon, mais il avait su m'intéresser à la lecture, à la musique, quand je n'étais préoccupé que de football et de filles.

Il venait me voir jouer parfois, le jeudi après-midi, au stade municipal. Ce jour-là, je voulais gagner pour l'éblouir. Je fonçais, sans jamais le perdre des yeux, et lorsque je rentrais au vestiaire, couvert de boue, les genoux en sang, j'étais fier qu'il soit fier de moi.

Il m'attendait. Déjà ! Et nous repartions ensemble à travers les rues de Montrouge, en riant le plus souvent, car à cette époque François n'était pas triste. Il m'achetait un petit pain au chocolat, au coin de l'avenue Henri-Barbusse et de la place du 25-Août, et je me rappelle qu'il me prenait la main pour traverser, ce qui me vexait, surtout quand nous croisions les copains du patronage.

J'avais quatorze ans, lui vingt-six. De cette petite différence, il ne s'est jamais consolé.

Casablanca m'avait sauté au cœur. Saoulé d'odeurs et de vent chaud, François semblait n'entendre, ni voir, les mêmes choses que moi. À qui écrivait-il ? Qui attendait de ses nouvelles si vite ?

J'étais presque aussi grand que lui, maintenant, mais il continuait à m'impressionner. Ses silences parfois m'inquiétaient ; il était mon double et mon contraire.

Ce matin-là, dans le bureau de poste de Casablanca, s'il avait élevé la voix, peut-être ne serais-je pas parti. Mais non ! Il se résignait à mes foucades d'enfant gâté. C'étaient mes premières vraies vacances loin de

Montrouge : François me les avait promises l'année de mon certificat d'études.

– On partira tous les deux, Manu, ce sera bien.

Il avait tenu parole.

Combien de fois me suis-je arrêté devant la carte du monde présentée, sous verre, dans le préau du lycée Jules-Ferry. Je dessinais le Maroc du bout des doigts en laissant des traces sur la vitre. Et j'étais là, enfin, aveuglé de soleil, prêt à bondir plus loin que mon rêve.

– Je suis invité par l'ambassadeur de France, tu te rends compte, François ? L'ambassadeur de France... ça vaut le coup, non ?

– Viens, me dit-il, on va se renseigner sur les horaires des autocars, puis nous passerons à l'hôtel. Je voudrais voir si tu peux mettre mon costume blanc, il est un peu étroit pour moi, il devrait t'aller.

Tout s'arrangeait toujours avec François, je pouvais compter sur lui. Je suis parti pour Marrakech, rassuré à l'idée qu'il veillait sur moi de loin.

– Je vous présente Manuel Mercadier, un jeune Français plein d'avenir...

Tous les regards se sont tournés vers moi et les yeux noirs des femmes voilées m'intimidèrent.

En répondant par avance de mon avenir, Robert de Ricambon avait voulu être aimable. Sa formule, sans doute diplomatique, m'a amusé. Elle aurait fait sourire mon père qui me reprochait de suivre ma mère, le dimanche après-midi, dans les dancings des grands boulevards.

On m'a désigné un pouf près de la table basse lourdement garnie et j'ai mangé du couscous avec les mains pour faire comme les autres.

Plus tard, Robert de Ricambon m'a entraîné pour la promenade digestive que j'ai déjà dite. Était-ce la chaleur ou le champagne-framboise ? Il s'est confié à moi.

— Ma femme est une personne ennuyeuse qui déteste et le soleil et les Arabes ! Vous avouerez que cela complique la vie quand on est au service de la République, en poste à Rabat...

Il n'attendait pas de réponse.

En l'écoutant, je me disais qu'il ne faut pas se fier aux apparences.

Qui pouvait penser à plaindre un ambassadeur de France ?

— Allez, me dit-il, parlez-moi de vous, comme pour s'excuser de ne parler que de lui.

Il était minuit, peut-être, et je n'avais pas l'intention d'émouvoir l'ambassadeur avec tellement de détails sur ma petite enfance. Je laissais le silence s'installer entre nous.

On entendait maintenant, portée par le vent chaud, la longue plainte de la musique orientale qui s'échappait des fenêtres ouvertes du salon du Casino ; des cris de femmes aussi répondaient en écho au tam-tam lancinant. Un ensemble berbère, composé de musiciens et de chanteurs, descendait des montagnes pour se donner en spectacle, les soirs de galas, aux invités du gouverneur.

Robert de Ricambon alluma un cigare et, promenant son allumette comme pour éclairer le ciel, me dit :

— On aurait dû garder ce pays, ils vont le gâcher...

J'ai répondu oui sans prendre de risque.

Après tout, il était assez aimable avec moi pour que je ne le contrarie pas inutilement.

Nous marchions à pas lents entre des massifs de bougainvillées et d'autres fleurs de couleur plutôt mauve. La lune tombait pile sur l'eau noire de la piscine et j'étais là, dans ce jardin de Marrakech, à écouter un ambassadeur regretter nos colonies.

Je flottais un peu dans le costume blanc que François m'avait prêté.

– Vous ne fumez pas, vous ne buvez pas d'alcool, vous êtes toujours d'accord avec moi, vous n'avez donc pas de défaut ? me dit brusquement l'ambassadeur.

– Si, lui dis-je, j'ai vingt ans et je n'ai rien appris à l'école.

– Tant mieux, me répondit-il, vous n'aurez rien à désapprendre. La vie change tout le temps, les femmes aussi d'ailleurs, alors, à quoi bon...

Comme nous nous rapprochions de la porte et qu'il parlait à voix basse, le bruit des musiques couvrit la fin de sa phrase et je ne saurai jamais ce que cachait la résignation de l'ambassadeur.

Au milieu du salon, faiblement éclairée par la lumière jaune des lampes d'Aladin qui pendaient au plafond décoré de bois peint, une danseuse grasse comme il faut là-bas faisait tourner des voiles beige pâle qui découvraient son ventre nu et ses cuisses blanches.

Allait-elle finir de se déshabiller devant nous et s'offrir au plus riche ?

Dans quel harem retournerait-elle après avoir mis le feu à mes joues ?

On avait poussé les chariots chargés de fruits et de pâtisseries au miel pour lui laisser la place de danser ; sur un divan brodé, le gouverneur somnolait, entouré de femmes tristes, recueillies au spectacle de l'une des leurs.

Un peu à l'écart, dans un autre coin de ce salon

pareil à un dessin d'enfant génial qui aurait mélangé ses crayons de couleur, un groupe d'hommes et de femmes avachis riaient assez fort pour qu'on devine qu'ils étaient français. Les femmes, surtout, m'ont paru vulgaires ; le vin gris de Boulaouane aidant, elles n'étaient pas belles à voir.

L'ambassadeur me fit signe de venir m'asseoir près de lui.

— Oui, je sais, me dit-il en désignant discrètement nos compatriotes, c'est à cause de ceux-là que tout est foutu. Les Français ne savent pas digérer convenablement.

La danseuse ondulait plus ou moins vite, obéissant au rythme aigu de la clarinette du charmeur de serpent, assis en tailleur à ses pieds ; comme perdue dans une extase mystique, la tête rejetée en arrière, elle n'en finissait pas de s'offrir à Dieu.

Elle arracha un morceau du voile noué autour de sa taille pour cacher son visage. On découvrait maintenant le bas de ses reins. Puis elle vint jusqu'à nous déposer ses seins au bord de l'immense plateau doré qui nous servait de table.

— Tenez, me dit l'ambassadeur, glissez-lui ce billet dans l'échancrure du slip, c'est une coutume ici.

Comme j'hésitais à oser un geste maladroit sur ce corps pourtant à ma portée, Robert de Ricambon s'inquiéta de savoir si j'avais peur des femmes.

Non, bien sûr, mais celle-là m'intimidait.

Les doigts me brûlent encore aujourd'hui. Mes rêves de garçon furent longtemps à la merci d'un élastique qui claque sur la peau blanche d'une danseuse exotique.

Cette nuit-là, dans l'hôtel de la ville où l'ambassadeur m'avait fait réserver, par ses services, une chambre à deux lits, j'eus du mal à m'endormir.

Trop de musique, trop de parfums me tournaient la tête. François, qui aimait tant que je lui parle, n'était pas là pour m'écouter.

Je m'en voulais de l'avoir laissé seul à m'attendre, alors que sans lui je n'aurais même pas imaginé ce voyage ailleurs que dans les livres qu'il me prêtait.

Et si j'avais eu honte de lui sans me l'avouer ? Si, à l'instant de le faire inviter par l'ambassadeur, je m'étais souvenu de la phrase de mon père la première fois qu'il l'a vu : « Il est bizarre, ton camarade ! »

Sur le coup je n'avais pas été choqué par son étonnement. François, c'est vrai, ressemblait assez peu, par sa façon de parler et de s'habiller, aux militants du parti ou aux cheminots de la C.G.T. qui travaillaient avec mon père. Ma mère, elle, le trouvait très distingué. François lui offrait des fleurs, parfois. Je le regardais comme un grand frère ; il m'apprenait toutes sortes de choses intelligentes qui épataient mes copains de foot. Il répondait aux questions que je ne pouvais pas poser à mes parents.

C'est François qui m'a expliqué comment on fait les enfants. Il parlait sans jamais élever la voix et il remarquait toujours lorsque ma mère portait une nouvelle robe. C'est sans doute pour cela que mon père le trouvait bizarre !

Les mains croisées sur son ventre rond, l'ambassadeur de France reposait, tranquille, dans sa suite de l'hôtel Mamounia. Le silence et la nuit me renvoyaient à des images moins paisibles où se mêlaient le visage de François penché sur mon front (un soir que j'avais la fièvre), les cuisses blanches de la danseuse et l'épaule nue de ma mère quand elle ôtait son corsage, l'été, parce que le nylon lui collait à la peau.

Je me souviens de m'être relevé plusieurs fois pour redresser le dessin, accroché au mur, représentant des chameaux dans le désert. En guise de décoration, sans doute.

Lassé, j'ai dû, pour m'endormir, renoncer à organiser ma mémoire malmenée.

5.

J'ai terminé mes vacances à Paris.

En juillet probablement. C'était quand il faisait beau l'été et que l'on entendait la musique des accordéons sur les podiums du Tour de France cycliste.

Je lisais *Miroir Sprint* assis sur un banc, place Daumesnil, face au jet d'eau qui, hélas ! ne fonctionnait pas.

J'aime cette place où il ne se passe jamais rien d'étonnant.

Les journaux sérieux étaient pleins de fureurs et de drames et je ne connaissais pas d'endroit plus tranquille pour prendre l'air en toute sécurité. Je n'avais pas le choix.

Le jardin de mon père, à Montrouge, était envahi de cousins bruyants qui mangeaient des tomates crues, et des petites filles toutes nues se disputaient ma balançoire. Ça m'énervait.

Ma mère prétendait pour cela que je n'avais pas l'esprit de famille.

La place Daumesnil convenait bien à ma nonchalance du moment. Les gens vraiment pressés n'habitent pas le douzième arrondissement. J'avais ma table au « Café des boulistes » où des retraités aimaient à se rafraîchir entre deux parties de pétanque. Par bonheur, ils n'avaient pas l'accent du Midi, qui cache parfois tant de méchanceté. Certains portaient des maillots de corps en coton blanc mais, dans l'ensemble, ils étaient d'aspect plutôt ordinaire. Je veux dire qu'ils n'attiraient pas l'attention des passants. Ma présence les étonna un peu, puis ils m'oublièrent. Le patron m'appelait « l'étudiant » parce qu'il me voyait, stylo en main, penché sur des mots croisés. C'est pour lui que je raconte aujourd'hui ces jours si lointains. Il m'avait fait promettre d'écrire son histoire.

– Toi, l'étudiant, tu sauras ; moi j'ai pas été à l'école...

Jo Laredo était persuadé que son nom pouvait encore faire recette...

– Y sont pas tous morts les mecs qui m'ont connu à Wagram, me disait-il en frappant de la main une affiche jaune et noir qui décorait, parmi d'autres, le « Café des boulistes ». Elle témoignait d'un passé glorieux, mais je ne vais pas la décrire ici.

Je veux seulement me souvenir, à voix basse, d'un boxeur perdu, qui a pourtant gagné par K.-O. au 3e round, le fameux match contre Harry Dampson Junior en décembre 1923 à Copenhague.

Jo Laredo m'a montré la photo de ce soir-là, identique dans le moindre détail à toutes les photos de vainqueurs sur un ring : les poings tendus, un peignoir en tissu éponge vite jeté sur les épaules, les paupières gonflées de sang, le boxeur, debout, s'offre à la foule qui l'acclame. Plus tard, il dîne en smoking chez le roi du Danemark. On se presse autour de lui. Il croit que ça va durer longtemps.

Plus tard encore, à l'heure de la sieste, trente-cinq ans après, il rêve de peindre son nom en grand sur la devanture du « Café des boulistes ».

– Ça fera venir du monde, non ?

J'aurais aimé qu'il ait raison. Mais qui se souvenait

de lui en short de satin blanc ? Superbe aussi dans la douleur.

Même les femmes l'avaient oublié !

– Si j'avais couché avec une chanteuse, j'aurais été sur la couverture des journaux en couleurs... On m'aurait protégé...

– On vous aurait appelé Marcel Cerdan, mais vous seriez mort, dis-je pour adoucir ses regrets.

Il a esquissé un sourire résigné, puis sur le ton de la confidence il m'a donné envie de l'écouter :

– Je suis mort, moi aussi, mon garçon, ils m'ont tué... en douce.

Jo Laredo est allé retourner les trois chaises de sa terrasse et descendre tout à fait le store orange imprimé d'une réclame d'apéritif à base de quinquina, qui décorait l'entrée du « Café des boulistes ».

Il fallait faire un effort pour l'imaginer bondissant sur un ring. Sa démarche était lente, il avait grossi (une ceinture de flanelle retenait son ventre) ; malgré cela il n'était pas vieux à la manière d'un Auvergnat enrichi dans le commerce de la limonade.

Dans la pénombre, il revint s'asseoir près de moi. Sa lèvre inférieure portait la marque d'un coup violent, une cicatrice. Quand il avait vingt ans, les filles y voyaient une fossette irrésistible. Pour oublier, il se consolait en buvant machinalement des Suze-cassis.

– Écoute-moi, l'étudiant, mon histoire elle aura un succès fou... Dedans y a du beau et aussi du triste, beaucoup de triste, c'est ça qui plaît.

Joseph Laredo ne saura jamais s'il doit son joli nom à une erreur d'orthographe ou à l'imagination inattendue d'une employée de l'Assistance publique. Au début du siècle, on ne prenait pas tant de précautions avec les enfants abandonnés.

On pourrait commencer ainsi : né à Marcq-en-

Barœul, de parents inconnus, élevé à la va-comme-je-te-pousse par des familles ouvrières du Nord-Pas-de-Calais, Joseph Laredo a bien du mérite d'avoir pris sa revanche sur une enfance sans joie. C'est à la mine, avec ceux de sa condition, qu'il travailla très jeune à pousser de lourds chariots. Il faisait nuit encore quand il partait, et nuit déjà lorsqu'il rentrait dans la maison de brique où réchauffait, peut-être, un bol de café noir.

Il en faut plus pour émouvoir l'administration française !

Très vite Joseph devint Jo pour les copains qui admiraient sa force et son entrain. Le dimanche à la ducasse, c'est lui que les filles applaudissaient quand il renversait d'un direct du droit le mannequin de cuir qui fut son premier adversaire. Une belle réputation, en somme, qui dépassera bientôt la région. Jo l'avait promis à Marcelle Trillet, sa logeuse, la seule qu'il aurait bien appelée maman, parce qu'elle croyait en lui, et prenait sur sa pension de veuve pour qu'il s'en aille à Lille s'entraîner dans une vraie salle de sport. Elle avait peur, pourtant, elle ne comprenait pas pourquoi Jo rêvait de se battre : « Un si brave garçon, ils vont me le défigurer... »

Voilà, c'est toujours comme ça les débuts d'un champion. Trop beau pour être vrai !

Hormis cette cicatrice comme décoration, le visage du boxeur n'était pas abîmé, mais les photos accrochées derrière le bar, qui le rendaient en pleine jeunesse, étaient cruelles. Tandis qu'il me parlait, dans la pénombre du « Café des boulistes », je le cherchais ailleurs : sous l'énorme lampe des rings de France et d'Europe, à Marcq-en-Barœul le jour où il est repassé au pays dans une voiture rose, chargée de whisky et de cigarettes américaines, au Fouquet's pour ses fian-çailles avec Mireille Balin...

Était-ce une opération publicitaire ? Jo m'assura que non. « Elle m'aimait vraiment. » J'ai consulté depuis d'anciennes revues de cinéma, mais je n'ai pas trouvé trace de cette idylle. J'aurais dû garder la photo. J'ai toujours la tentation de m'intéresser aux amours secrètes des grands de ce monde. Leurs chagrins me rassurent.

– Personne ne veut me croire, me dit Jo.

Comment avait-il deviné que j'étais prêt à l'entendre sans m'ennuyer ?

Pour le mettre en confiance, je lui ai demandé de m'offrir une Suze-cassis. Nous avons trinqué.

– À la santé de Mireille Balin ! ai-je dit bêtement avec l'idée de lui faire plaisir et, je l'avoue, d'en savoir un peu plus.

Le menton posé sur ses mains, il me fixa enfin. Son regard bleu s'assombrit tout à coup.

– Plus tard, petit... plus tard tu reviendras et je te dirai. Ce match-là, je ne l'ai pas gagné...

Un client a secoué la porte à plusieurs reprises mais Jo Laredo n'a pas bronché. Il n'était plus là pour per-sonne. Un instant, j'ai cru qu'il allait s'endormir, ou pleurer sous l'effet des souvenirs et de l'alcool mêlés. J'étais très embarrassé. J'ai toussé nerveusement pour me rappeler à lui.

– Ce n'est rien, petit, la chaleur sans doute !

– Oui c'est ça, dis-je, la chaleur.

Le téléphone a sonné, m'épargnant ainsi d'autres considérations banales sur les dangers du soleil de juillet.

– Va répondre, petit, et dis que c'est une erreur.

Le combiné d'ébonite était suspendu au mur, près du comptoir, devant la porte vitrée sur laquelle une plaque indiquait « Privé ».

Une voix de femme, enjouée, réclamait Jo.

— C'est une erreur, madame.

— Comment une erreur ? Je ne suis pas chez Jo Laredo au « Café des boulistes » ?

— Non, madame.

— Mais qui êtes-vous ?

J'ai raccroché sans me présenter. Jo me pressait de revenir vers lui.

— C'est une emmerdeuse, elle croit que j'ai du fric, si elle savait...

De l'argent, il en avait beaucoup dépensé autrefois, avec les femmes justement, à l'époque glorieuse où il lui suffisait d'un claquement de doigt pour que Lucien Montanez, son manager, règle l'addition ; quand il faisait déposer des brassées de roses rouges dans les seaux à champagne du Fouquet's, quand ses costumes étaient signés Cerruti et que rien ne laissait prévoir des temps plus difficiles.

Jo Laredo embellissait les choses, probablement, mais c'était mieux ainsi. De toute façon, c'est vrai, il portait fort bien la gabardine coupée spécialement pour lui par le célèbre tailleur italien, installé place de la Madeleine depuis 1870.

Jo Laredo n'a plus besoin de plaire maintenant ; il voudrait seulement qu'on le croie sur parole.

— Méfie-toi des gonzesses, petit, fais pas comme moi ou alors tu finiras en espadrilles dans un bistrot même pas à toi...

Le « Café des boulistes », avenue Daumesnil, qu'il aurait tant aimé rebaptiser à son nom, ne lui appartenait pas. Un copain de l'Assistance, un ancien de Marcq-en-Barœul, retrouvé par hasard, lui avait cédé la modeste gérance pour le tirer d'affaire.

De nouveau on entendait le bruit mat des boules qui tombent et roulent avant de s'entrechoquer ; la rue reprenait peu à peu son animation familière ; le marchand de fruits et primeurs tout proche interpellait les passantes. Il aurait fallu que Jo se décide à remonter son store...

– Ils attendront, me dit-il, reprends une Suze avec moi, une dernière.

J'ai trempé les lèvres dans mon verre à peine entamé ; il a rempli le sien en y ajoutant des glaçons. Le téléphone a sonné de nouveau ; à la quatrième reprise il est allé décrocher l'appareil pour le laisser pendre dans le vide, définitivement.

Une voix de femme, la même sans doute que tout à l'heure, criait au loin : « Jo... allô ! Jo, c'est Simone, Jo, tu m'entends. »

Non, il ne voulait rien entendre, rien qui puisse l'empêcher de remettre ses gants, ne fût-ce que pour moi.

Si je disais tous les combats de Laredo, on moquerait aussitôt mon goût pour les champions déchus. Et pourtant, quel palmarès ! Il cognait dur, « le petit taureau du Nord » ; les voyous d'alors s'en souviennent sûrement. Il y en a trop dans les vestiaires des championnats de boxe.

Jo n'aimait pas perdre, même pour de l'argent. Déjà à Copenhague, contre Harry Dampson Junior, il aurait dû se montrer plus compréhensif avec les organisateurs. Lucien Montanez l'avait bien prévenu : « Fais pas le malin, Jo, j'ai pris des accords et j' veux pas avoir d'embrouilles. » Rien à faire. Il avait promis, mais quand il était sur un ring on ne pouvait plus l'arrêter.

Ça a fait toute une histoire. Alors, forcément, quand

il a liquidé l'Italien en moins de sept minutes à San Remo, Lucien Montanez l'a laissé tomber. Des messieurs, chatouilleux sur les principes, se sont occupés de lui, en douce, sans enlever leur cravate. Ils visaient bas. Une nuit de cauchemar dans un garage désaffecté, quelque part en Italie.

— La boxe, les femmes, c'était fini pour moi, tu comprends ? Après j'ai fait le con... enfin j'ai continué...

Laredo a parlé longtemps encore, il m'a donné d'horribles renseignements sur les mœurs des gens de la boxe ; il m'a aussi raconté pourquoi on l'appelait « Monsieur Jo » à Pigalle pendant l'Occupation. Je suis revenu le voir souvent pour connaître la suite. Mais qui voudrait me croire ? Non, je n'écrirai pas la vie de Jo Laredo. Il faut être romancier pour inventer une histoire pareille. J'irai plutôt boire une Suze-cassis, en passant avenue Daumesnil, si le « Café des boulistes » existe encore.

6.

En ce temps-là j'avais une maîtresse et un amant qui, d'ailleurs, s'entendaient fort bien. À les voir courir ensemble les cocktails et les vernissages, on aurait pu imaginer qu'ils s'aimaient. Mais non ! Ils parlaient de moi. Je leur donnais du souci, semble-t-il.

Marc me jugeait adorable mais superficiel, parce que j'aimais les actrices et les footballeurs. Et Nicole me reprochait d'être menteur par plaisir.

Ils n'avaient pas tort. Elle se fâchait quand je lui avouais avoir oublié son anniversaire, par exemple. Et lui s'agaçait lorsque je m'embrouillais dans les noms des peintres de la Renaissance espagnole.

Marc s'illustrait brillamment à l'Hôtel des ventes, tandis que je jouais au baby-foot en l'attendant dans l'arrière-salle d'un café qui fait encore le coin de la rue Rossini et de la rue Drouot.

Mon partenaire était un jeune sergent de ville stupide mais bien mis, qui surveillait, à heures fixes, le carrefour Richelieu-Drouot et la mairie du neuvième arrondissement de Paris. Il fréquentait une petite marchande de crêpes du quartier : c'est dire si son destin s'annonçait sans surprise.

Un après-midi, pourtant, il me proposa de l'aider, avec ses amis, « à renverser la République », ce qui prouve bien que parfois les sergents de ville ont des idées originales.

Je lui fis remarquer timidement que j'étais plus habile au maniement du baby-foot que doué pour les coups d'État.

Mon père n'aimait pas beaucoup de Gaulle, mais cela ne me semblait pas suffisant pour accepter l'étrange proposition.

Le sérieux de ses arguments me laissait sans voix. On lui montait la tête, certainement.

– Les juifs, les Arabes, c'est pareil, tu comprends ? J' peux pas les encaisser !

Je ne comprenais pas très bien, mais j'ai sursauté quand il a mis les communistes dans le même sac. C'est plus fort que moi, quand on touche à mon père, je m'emporte !

– T'es pas communiste, au moins ?

– Non... non, dis-je mollement – et d'ailleurs je ne l'étais pas –, mais surtout je ne voulais pas perdre un si bon partenaire au jeu.

Hans (drôle de prénom pour un sergent de ville français) avait un père, lui aussi, un brave retraité de la police française qui (je l'ai su depuis) assurait l'ordre aux abords du Vél'd'Hiv', un matin de 1942.

Je tenais de mon père. Hans du sien. Les choses ne sont pas forcément compliquées.

– Renverser la République ! Rien que ça. Ton flic est un dangereux malade, me dit Marc, un fasciste de bistrot !

Pour expliquer son inquiétude naturelle, je dois préciser que Marc s'appelait Bauman. Un détail qui ne m'avait pas donné à réfléchir gravement avant ce jour-là. Plus tard, il m'est arrivé de le blaguer à ce sujet, en le surprenant sous la douche. J'étais, on le comprend, naturellement espiègle et Marc, que j'avais rencontré dans un wagon de première classe où j'étais monté sans billet sur la ligne qui va de Denfert-Rochereau à

Massy-Palaiseau, remplaçait dans ma vie le François qui avait guidé mon enfance jusqu'aux portes de Casablanca.

Je menais une existence oisive, agrémentée de distractions anodines qui remplissaient pourtant, mieux qu'on ne le pense, une jeunesse ordinaire à la fin des années cinquante. Lorsque Marc et Nicole, qui se consultaient, me coupaient les vivres d'un commun accord, je livrais, pour la Samaritaine, divers accessoires ménagers à travers cette banlieue sud que je connaissais bien.

Bref, j'aurais eu assez de temps pour renverser la République.

Je continuais de rencontrer Hans en cachette, dans divers cafés des grands boulevards, et j'ai fini par m'intéresser à la guerre d'Algérie dont on parlait tant et contre laquelle mon père défilait derrière des banderoles dédiées à « l'amitié franco-algérienne ».

Hans qui collectionnait les photos des généraux, comme moi celles des vedettes du sport et de l'écran, ne savait rien de ma double vie.

– Tu vois celui-là, c'est Zeller avec Challe, mon préféré. Ils nous couvriront, sûr...

Hans m'a entraîné, un soir, 11 *bis*, rue Quincampoix, chez lui sous les toits, où se tenaient des réunions secrètes en vue « des actions à mener pour déstabiliser le régime ». Un programme exaltant que rien ne devait contrarier. Il y avait là, en pleine conversation, cinq ou six types plutôt banals comme on en rencontre dans les fêtes foraines ou sur le quai du métro, des types autour de la quarantaine qui aiment les filles pourvu qu'elles se taisent et les chiens bergers allemands, pourvu qu'ils mordent. Virils en somme, avec des prénoms communs et des chemises en nylon.

Hans était visiblement la tête pensante du groupe.

Habillé en sergent de ville, même chez lui, il réglait les discussions, comme la circulation, avec sobriété. À tout moment, il pouvait sortir son sifflet. J'attendais.

Un petit gros qui buvait de la bière tiède me jetait sans cesse des regards soupçonneux. Mon silence l'énervait. J'aurais préféré ne pas me faire remarquer, mais je ne trouvais rien de subtil à leur confier.

Hans se voulait rassurant :

— Il sera des nôtres, c'est un ami...

Je hochais la tête sans conviction ; le petit gros n'était pas dupe.

Je n'avais rien à faire là, ce milieu n'était pas le mien et je buvais de l'eau pour marquer ma différence. C'est plus fort que moi, je me mêle d'affaires louches, après quoi je disparais.

Nicole avait raison, « je ne ferai jamais un bon héros de roman ». Elle disait souvent des choses intelligentes, Nicole. C'était une intellectuelle que j'avais remarquée à Montrouge parmi les amies de ma mère. Elle était plus jeune mais déjà dynamique et très dévouée au secrétariat « France-URSS », une association militante en vogue à l'époque.

Beaucoup plus tard seulement, j'ai couché avec elle, en souvenir de la robe imprimée orange qu'elle portait sans soutien-gorge, dès les premiers jours du printemps.

Nicole était devenue chef d'un bureau de poste à Levallois-Perret, l'année même de son divorce ; c'était une rousse piquante, qui se chargea plutôt bien de mon éducation sentimentale. Elle était donc la mieux placée pour ne pas s'étonner de ma liaison avec Marc. Oui, on trouve des femmes qui comprennent ces choses-là. Nicole n'était pas libre tous les soirs (ses activités syndicales l'occupaient assez), aussi s'accommodait-elle, sans déplaisir, de ce partage amoureux. Le mot est sans doute un peu exagéré, mais comment qualifier autrement mes sentiments d'alors ?

Officiellement, j'habitais chez mes parents, ce qui n'est pas convenable après vingt ans. En fait, je passais à Montrouge sur le chemin de quelques livraisons. Ma camionnette, à l'enseigne de la Samaritaine, rassurait Josiane et René qui ne s'habituaient ni à mon insouciance ni au prix sans doute exorbitant de ma montre en or !

Mon père, attaché à la défense du prolétariat, cherchait l'énigme en calculant, dans sa tête, le salaire moyen d'un jeune chauffeur-livreur. Le compte n'y était pas, mais il était discret et peut-être étais-je économe ? Rien ne m'empêchait de dire la vérité ; je recevais des cadeaux, mais encore fallait-il expliquer pourquoi ! Non, la vantardise n'est pas mon fort.

Josiane, ma mère, se contentait de colifichets charmants achetés au marché ; René, de chemises écossaises en coton et de deux pantalons de toile : celui du dimanche et celui des autres jours. On n'est pas vraiment méchant quand on a des parents qui s'arrangent de si peu...

Marc qui était, lui, fils de grands bourgeois et qui avait vu Cabourg avant 1936, aimait bien que je lui raconte le bonheur des gens simples.

– Dans le septième arrondissement, ce n'est pas pareil, me disait-il, le regard absent en nettoyant lentement le verre fumé de ses lunettes d'écaille.

Évidemment, quand on a grandi place de Fontenoy, juste derrière l'École militaire, à l'angle de deux rues sans issue, quand on a croisé tant de veuves en promenade autour de l'église Saint-François-Xavier, on est sérieux avant l'âge. Marc Bauman, mon amant, avait de bonnes manières ; inutile de préciser qu'il n'aimait pas le rock and roll et qu'il votait à droite, ce qui n'est pas follement original pour un expert de l'Hôtel des ventes, né dans le septième arrondissement.

– J'ai des circonstances atténuantes, non ?

Comment mon père aurait-il supporté de me voir traîner tard le matin dans le lit d'un fils de la haute ? Une histoire comme on en « trouve » dans les livres, mais qui n'arrive pas pour de vrai dans la vie de tous les jours des ouvriers du parti.

J'ai d'ailleurs emmené Nicole et Marc un dimanche à Montrouge : une vraie fête de famille avec du moka au dessert et du champagne italien.

Marc a bu trois coupes, ma mère l'a trouvé très réservé. Il a pourtant éclaté de rire un peu trop fort quand elle lui a demandé si c'était lui qui choisissait mes chemises et mes pull-overs.

– Il commence à savoir s'habiller, il était temps !

Nicole a renversé un vase en voulant faire l'intéressante. Cela mis à part, le déjeuner fut parfait.

Marc nous a expliqué longuement la jolie reproduction de Picasso, gagnée à la fête de « l'Humanité » en 1953, qui décorait la salle à manger. À partir de là, c'était fatal, mon père se mit à parler politique, d'autant qu'il connaissait un secrétaire de Maurice Thorez qui lui-même connaissait bien Picasso.

Il était dix-sept heures trente au moins ; il y avait encore des miettes sur la table et les cendriers débordaient.

– Il est l'heure, dis-je. On doit rentrer... J'ai rendez-vous.

Ma brusque décision provoqua un instant de malaise dans l'assistance. Personne, ici, ne pouvait envisager que l'on m'attende ailleurs ! Je n'en étais pas sûr moi-même. Le moka me tournait le cœur et je voulais changer d'air.

– On peut savoir où tu couches ce soir ? me glissa Marc à l'oreille, profitant de l'agitation qui précède toujours un départ en groupe.

– Je ne sais pas, lui dis-je.

Et c'était vrai mais il ne m'a pas cru.

Ma mère, désolée de nous voir partir si vite, nous fit promettre de revenir bientôt. Elle embrassa son amie Nicole et assura Marc qu'elle était très honorée de sa visite. Puis, sur le pas de la porte, elle eut cette phrase émouvante que seules les mères peuvent prononcer sans malice : « Prenez bien soin de lui ! »

– Vous avez compris, il faut prendre bien soin de moi.

Marc, qui n'aimait pas me voir faire le mariolle, marmonna et Nicole, gouailleuse, lança : « Tu retardes, Josiane, il a passé l'âge du biberon, ton petit ! » Une vraie réplique de cinéma. Tout le monde a ri.

Pour aller de Montrouge à Levallois-Perret raccompagner Nicole qui travaillait tôt le lendemain, nous n'avons pas mis longtemps. Marc conduisait une Floride gris métallisé, qu'il me prêtait parfois pour épater mes copains. Je chantais *Nouvelle vague*, un refrain moderne qui l'énervait passablement.

– Arrête un peu, Manuel. Tu as bu ou quoi ?

J'avais l'humeur vagabonde ; profitant d'un feu rouge je suis donc descendu au pont de Suresnes. Un endroit que je ne recommanderais pas aux amateurs de folklore. Il compte pourtant, me dit-on, parmi « les beaux quartiers » de la capitale. Ce n'est pas mon avis, mais passons... Il y a peut-être des personnes susceptibles aux environs. J'ai marché sans croiser un chat.

Nicole et Marc évoquaient certainement mon « drôle

de caractère » et je m'en voulais d'avoir gâché leur soirée.

J'ai terminé la mienne, comme on l'imagine, 11 *bis*, rue Quincampoix, chez Hans, le sergent de ville, qui n'emmenait pas danser sa petite marchande de crêpes, sur les bords de la Marne. Même le dimanche ! On n'est pas bêtement sentimental dans la police !

Hans m'avait souvent dit : « Tu montes quand tu veux. » Manque élémentaire de prudence ou preuve d'amitié ? Sait-on jamais ce qu'il y a dans la tête d'un garçon qui se prépare à « renverser la République ».

Cette expression m'enchantait. Elle avait un côté grandiose et un peu irréel.

Le petit gros était penché sur des paquets de tracts qu'un imprimeur ami venait de livrer. Il ne bougea pas pour me saluer ; les autres, des nouveaux que je ne connaissais pas, me tendirent la main sans sourire ; seul Hans parut content de me voir entrer.

— Ça alors, je ne t'attendais pas ce soir, me dit-il en m'offrant un tabouret de cuisine.

— Nous non plus ! ajouta le petit gros qui, décidément, n'aimait pas mes visites impromptues.

Je fis mine de partir. Hans me rattrapa au vol, en balayant d'un geste de la main la réflexion désobligeante de son acolyte.

— C'est un con, mais on a besoin de lui, tu comprends ?

Oui, je comprenais qu'il y avait des cons partout, même dans une organisation sérieuse comme l'O.A.S., trois lettres écrites en gros dans le journal étalé sur la table.

Il s'agissait de ne pas laisser les juifs, les communistes et les francs-maçons lâcher l'Algérie aux bougnoules. À première vue, tout cela partait d'un bon sentiment.

56

Le temps passait. Hans n'était plus imbattable au baby-foot. On parlait à la radio d'attentats çà et là. De toute façon, j'étais innocent.

Un soir, chez Hans, j'ai ouvert la porte de la chambre et quand j'ai découvert qu'il avait posé sur son lit l'ours en peluche marron de son enfance, j'ai compris que de Gaulle n'avait rien à craindre. Moi non plus. Et j'ai été un peu déçu !

7.

Il faudrait, pour bien faire, que je donne plus de précisions sur la personne de Nicole V. qui fut ma maîtresse avant d'épouser, en secondes noces, un sénateur indépendant-paysan de l'Oise.

Nicole V. (j'emploie l'initiale par prudence) a eu son nom imprimé sur les journaux en 1967, à propos du meurtre de son mari dans la fameuse affaire du « Clos Fourré » qui fit grand bruit et divisa les Français quant à la culpabilité de mon ancienne amie.

Ce matin-là, en ouvrant *Le Parisien libéré*, un journal spécialisé dans le drame humain, je l'ai immédiatement reconnue. Sa photo occupait une demi-page ; on la voyait au moment de son arrestation, devant l'entrée d'un restaurant réputé à Paris pour sa sauce béarnaise. Un gros titre : « Nicole V. parlera-t-elle ? » La légende précisait sèchement que « la veuve du sénateur terminait de dîner avec des amis chez "Lou Galou" quand la police l'a interpellée ».

Elle n'avait pas tellement changé. Derrière son regard fier à l'attention des photographes, j'ai retrouvé aussitôt l'insolent sourire d'autrefois. Huit ans déjà !

Nicole, ma Nicole, la copine de ma mère, chef des Postes à Levallois-Perret, brusquement vedette dans l'affaire du « Clos Fourré ». Quelle histoire !

Je suis descendu acheter d'autres journaux où son nom revenait sur une ou plusieurs pages. « Les différentes versions de Nicole V. » Je voulais tout savoir. Mais comment démêler le faux du vrai ? Dans l'euphorie, les journalistes évoquaient soit « le mutisme crispé de la veuve », soit « les confidences arrachées à l'ancienne postière ». Le juge était décidé à aller jusqu'au bout. C'était plus qu'il n'en fallait pour m'inquiéter. J'ai beau me raisonner, cette manie de me sentir coupable de tout ne me quitte jamais.

« Tu ne feras jamais un bon héros de roman » : la petite phrase de Nicole me revenait en mémoire. L'ironie du sort voulait que ce soit elle qui illustre la page principale des journaux. Ils avaient certainement pillé son appartement pour se procurer les clichés intimes de son album de jeunesse. Je me rappelais très bien cette photo prise à Divonne-les-Bains, en 1951. Nicole est en vacances organisées par « Tourisme et Travail », une sorte de club soutenu par le parti, pour les prolétaires. Elle porte un maillot de bain en Lastex vert ; il y a du vent puisqu'elle retient ses cheveux et l'on remarque, en arrière-plan, autour d'une Simca-Aronde, un groupe joyeux qu'elle ira rejoindre et qui mange des glaces en cornets.

Rien que de très banal, en somme, et pour moi la preuve parfaite de son innocence. « L'affaire du Clos Fourré », toujours le mystère ! Un vrai feuilleton populaire. Ma mère me fatiguait avec ses questions, comme si j'en savais plus qu'elle.

— Avec toutes tes relations, maintenant, tu dois bien être au courant des rumeurs ?

J'étais régisseur au Concert Mayol et je me demande encore ce qu'elle imaginait là. Pour toutes relations, j'étais fiancé avec Lita Renoir, la meneuse de revue en titre. Elle ne savait rien de mon aventure avec Nicole V. et ne lisait pas les journaux.

Heureusement pour moi, elle dormait jusqu'à trois

heures de l'après-midi, ce qui me laissait du temps pour suivre les rebondissements de « L'affaire du Clos Fourré ».

Je m'attarderai plus tard sur le cas de Lita Renoir, une petite femme de Paris, qui mérite bien quelques lignes ici, elle qui rêvait de voir son nom briller à Las Vegas.

Après deux jours d'interrogatoire, Nicole V. fut conduite à la prison de La Roquette.

À l'heure de son incarcération j'étais là, caché parmi les journalistes et les curieux qui guettaient son arrivée. Je l'avais perdue de vue, comme on dit. J'appréhendais son apparition, les photos mentent toujours un peu.

Et Marc ? Je l'ai cherché dans la foule. En vain. Il était forcément au courant, mais peut-être était-il retenu ailleurs ? Le calendrier d'un expert ne s'embarrasse pas de nostalgie !

À quoi pensait Nicole quand elle a franchi la porte de la prison ?

Je l'ai aperçue un court instant, moins pâle que prévu pour une « personne coupable ». Elle avait sûrement remis un peu de fard à ses joues.

« Il faut sauver la face, mon petit chou. » Fidèle à elle-même, Nicole V. était digne, chacun a pu le remarquer.

– De deux choses l'une, me dit un photographe, sans bouger l'œil de son objectif : soit elle finit en cour d'assises, soit elle fait du cinéma...

J'ai failli sourire, mais la circonstance ne s'y prêtait pas. « La sombre héroïne du Clos Fourré » a disparu dans la bousculade. Avant que la porte de la prison ne claque dans son dos, j'ai eu le temps d'apercevoir que son bas avait filé.

Si l'on en croit les descriptions précises qu'en faisaient les journalistes de l'époque, « Le Clos Fourré » tenait moins d'un monastère que d'une maison de rendez-vous. C'était, les photos le montrent, une propriété cossue, dissimulée derrière des fourrés, d'où son nom probablement. Elle appartenait à une cousine germaine du sénateur défunt, et l'on racontait dans la région que cette personne entreprenante « savait recevoir comme il convient les gens de Paris ». Le compliment, on s'en doute, n'était pas gratuit. Qu'importe ! L'étrange réputation du « Clos Fourré » ajoutait encore à son charme. On y menait la belle vie depuis la fin de la Seconde Guerre mondiale et ceux qui y venaient gardent un souvenir ému de ces soirées d'autrefois.

Si près de la capitale et pourtant perdu à la sortie d'un village, entre L'Isle-Adam et Beauvais, au large de la Nationale 1, « Le Clos Fourré » faisait l'orgueil des grands fermiers de l'Oise qui avaient le privilège d'y côtoyer les autorités du département. Il aura donc suffi que Nicole V. vienne ici se mêler à un monde trop compliqué pour elle, pour annuler un demi-siècle de bonheur.

Après avoir évacué, un peu rapidement à mon sens, la piste politique, la police judiciaire semblait se contenter de l'hypothèse la plus bête : Nicole avait tué son mari à l'aide d'un chandelier en faux bronze pour hériter plus vite et vivre enfin, sans se cacher, avec le jeune jardinier du « Clos Fourré ». Il était plutôt joli garçon, en effet, mais le scénario vraiment trop facile.

Ce soir-là, comme à son habitude, le sénateur buvait du mouton-rothschild en discutant d'affaires immobilières avec ses associés. Un peu à l'écart, près de la cheminée, Nicole jouait au poker ; ici et là des couples se guettaient gentiment. Pour se rendre utile, le jardinier, habillé d'une veste blanche, renouvelait les consommations et vidait les cendriers. Bref, une réunion de bonne compagnie. Il faut l'imagination perverse d'un juge d'instruction pour en faire tout un drame.

Le sénateur est mort, sur le coup, et c'est sa femme qui l'a découvert au détour du couloir qui mène aux chambres. Il était cinq heures dix du matin. Les jeux du hasard et de l'amour étaient faits ; seuls trois clients s'attardaient au bar autour d'un 421, la spécialité du jardinier qui s'offrait ainsi une détente méritée.

Le cri terrible de Nicole V. a tout gâché.

Entre la matinée et la soirée, le personnel et les artistes du Concert Mayol avaient « quartier libre ». Mais le tableau de service que j'avais la charge de faire respecter était formel : « La direction n'admettra aucun retard sur les horaires. » La troupe s'égaillait, danseurs et machinistes confondus, dans les cafés d'alentour. Lita Renoir, qui préférait souper après le spectacle, s'enfermait dans sa loge pour dormir avec des rondelles de concombre sur les paupières, tandis que je filais à deux cents mètres du théâtre, rue de l'Échiquier, chez une marchande de journaux qui conservait pour moi les articles sur « l'affaire ». Je lui donnais, en échange, des promenoirs exonérés pour les représentations de « Maxinu », la revue pétillante où triomphait ma fiancée. La bande du Concert Mayol se retrouvait plus généralement au « Pim Pam » où j'allais la rejoindre.

— 22 ! V'là l'assassin, s'écriaient en chœur le chef machiniste et sa poule, une doublure de Lita, qui ne supportait pas mes amours avec sa rivale.

C'était pour plaisanter, bien sûr, mais je reconnais que mon attitude intriguait.

Avant l'affaire du « Clos Fourré », les danseuses s'en souviennent, j'avais les mains baladeuses, je lisais *L'Équipe* durant les représentations et je menais la sarabande quand la France se rapprochait de la finale. J'étais un plaisantin sans souci particulier, toujours prêt à inventer une bêtise. Les filles adorent ça.

J'avais maintenant l'idée qu'on viendrait m'interpeller un jour ou l'autre, dans le cadre de l'enquête. Après tout, je connaissais des détails intimes sur Nicole V. J'étais le témoin vivant de son penchant pour la jeunesse. Oui, je pouvais rendre service à la justice de mon pays. Alors, c'est vrai, je devenais de moins en moins fréquentable pour ceux qui m'aimaient prime-sautier.

– Quoi de neuf aujourd'hui ?... Elle a craché le morceau la mémé ?

J'étais choqué par l'insolence de Jim, un petit éclairagiste remplaçant, qui ne songeait pourtant pas à me faire de peine.

Si je ne me trompe, Nicole allait avoir quarante-huit ans et l'âge des dames ne m'a jamais fait rire.

Me battre pour si peu me sembla néanmoins ridicule, aussi n'ai-je pas répondu à Jim, évitant ainsi d'éveiller autour de moi des soupçons supplémentaires. J'aurais pu me vanter mais, dans le fond, je ne pouvais pas partager mon secret. Lita m'aurait peut-être écouté deux minutes, puis elle m'aurait demandé de l'aider à accrocher ses plumes d'autruche pour conclure distraitement par une question comme celle-ci : « Ça va pas nous faire du tort au moins ? » Je vivais avec une meneuse de revue qui faisait bander le dixième arrondissement, et je m'estimais heureux d'être mêlé sans danger à « L'affaire du Clos Fourré ». Il faut savoir se contenter de peu.

On me blaguait, sans attacher beaucoup d'importance à mes états d'âme. Swan (qui s'appelait Raymond pour l'état civil), le plus beau partenaire de Lita, avait découpé la photo du jardinier dans *Détective*. Il l'avait épinglée dans sa loge. Un soir, comme j'allais le presser d'entrer en scène, il me dit en rajoutant du noir à ses yeux : « Tu vois, Manu, la vie serait moins compliquée si les jardiniers étaient aussi riches que les sénateurs. »

Je résistais, depuis de longs mois, aux avances répétées de Swan pour ne pas contrarier Lita, mais sa vivacité d'esprit m'enchantait.

Je crois savoir qu'il danse encore, si longtemps après ces jours-là. Enfin ! il figure, dit-on, au tableau final d'une boîte de travestis de la rue Notre-Dame-de-Lorette, déguisé en cantatrice wagnérienne.

« Oui, monsieur, j'étais le boy de Lita Renoir, du temps du Concert Mayol, ex-Concert Parisien ; les femmes étaient folles de moi », doit-il s'écrier en décollant sa perruque.

Je n'irai pas l'applaudir. Je le préfère, de loin, en slip panthère quand il avait l'avenir devant lui et du temps à perdre. Comme moi.

À l'heure du crime, personne n'a rien entendu. La cousine germaine du mort, Mme Geneviève Valparaison, dormait dans ses appartements privés situés légèrement en retrait du domaine du « Clos Fourré ». Le sérieux de sa clientèle lui permettait de se retirer avant l'extinction complète des feux.

La soirée du 6 janvier 1967 était placée sous le signe

des Rois. Geneviève Valparaison, qui connaissait bien son monde, avait facilité les rencontres et organisé, à minuit, autour d'une galette géante à la frangipane, un strip-tease royal. Un divertissement dont raffolaient le sénateur et ses associés. Rien de bien méchant en somme, malgré les insinuations malveillantes d'une feuille à scandales paraissant le samedi soir. Qui pouvait prévoir que tout cela finirait mal ? Les témoins ne se pressaient pas au parloir... et Geneviève Valparaison n'avait pas l'intention de laisser salir son honneur et la renommée internationale du « Clos Fourré ».

– Si le jardinier est complice, pourquoi ne pas l'arrêter aussi. J'irai lui porter des oranges !

Swan poursuivait son rêve, même avec son fouet il avait l'air doux ; à chaque changement de décor (il y en avait quatorze dans « Maxinu ») il plaisantait avec nous, les gens des coulisses. Avec moi surtout.

Juste avant l'entracte, nous chantions tous un refrain entraînant, bien dans la tradition :

« Nu, nu, nu !

Monte là-d'ssus et tu verras mon nu

Fou, fou, fou !

Passe en d'ssous et tu verras mon cou. »

Quelle rigolade !

Un jour enfin, grâce à maître Lambier de La Porterie, Nicole V. fut mise en liberté provisoire. Je suis allé l'attendre à sa sortie de prison. Elle m'a tout raconté, mais j'ai promis de ne pas parler.

Plus tard, quand elle aura besoin d'argent, je proposerai à un éditeur de best-sellers les souvenirs « vrais » de Nicole V.

Je lui ferai raconter en détail l'histoire du crime du « Clos Fourré » et nous partagerons les bénéfices.

Il y aura prescription et elle pourra avouer enfin sans courir de risque.

Elle parlera à la télévision dans les émissions littéraires, les veuves chic plaisent au peuple. Sobre et digne, elle dira qu'elle a tué par amour pour les beaux yeux d'un jardinier qui arrondissait ses fins de semaine dans le lit de feu Monsieur le sénateur, son mari.

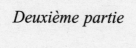

Deuxième partie

8.

Il s'agit d'évoquer ici, je le sens bien, des choses et des gens sans importance pour vous, qui pourtant m'empêchent de dormir.

Si j'ouvre par hasard un ancien agenda, je tombe forcément sur une adresse en province qui m'invite à la nostalgie.

3, rue de la Grange-aux-Loups, par exemple, à La Ferté-Saint-Aubin, chef-lieu de canton du Loiret. Pour le commun des mortels, c'est un endroit à priori sans intérêt, jamais mentionné dans les guides touristiques.

La maison est d'apparence banale, je le reconnais. Construite sur trois étages, composée de pièces étroites, il fallait la contourner pour découvrir un jardin mal entretenu. Le crépi gris sale avait besoin d'être repris (sans doute l'a-t-il été depuis). On devinait que les volets, toujours fermés, avaient été verts, seule une véranda tarabiscotée, posée sans précautions, aurait pu la signaler aux passants, mais on ne passe pas rue de la Grange-aux-Loups, qui est en réalité une impasse, et fut une cachette pratique, entre novembre 1942 et février 1944. Les dates ne sont pas sans intérêt.

La maison appartenait à un vieux célibataire dont les voisins disaient, en baissant la voix : « C'est un original ! »

Il était relieur de profession. Les gens des châteaux venaient de loin lui confier leurs livres rares ; des conservateurs de musées nationaux recommandaient son savoir-faire et ses connaissances historiques. Jules Lamazière ne sortait presque jamais en ville ; il vivait avec une petite bonne, venue de la campagne berrichonne.

Elle était muette de naissance, une qualité qui n'avait pas échappé à cet homme soucieux de discrétion avant tout.

– En moins de deux heures, on y sera, m'avait dit Marc Bauman.

Le vieux était prêt à se séparer d'une collection d'originaux.

– I-nes-ti-ma-bles ! me précisa-t-il en détachant les syllabes de manière assez snob pour me faire rire.

Marc Bauman ne savait pas plus que moi où trouver La Ferté-Saint-Aubin. Il suffisait simplement d'emprunter la Nationale 20 à partir de la porte d'Orléans, direction Bordeaux, en guettant bien les panneaux indicateurs. Ces précisions ridicules donnent une idée de l'époque.

C'était un lundi de juin. Je venais d'obtenir mon permis de conduire et j'ai boudé jusqu'à Étampes, puisque Marc ne voulait pas me laisser le volant.

– Tu n'es pas drôle, Manuel ! On voyage pour affaires et tu veux faire joujou... Si je réussis mon coup, tu conduiras en revenant.

Comme je n'avais pas l'intention de faire la tête durant tout le trajet, j'ai accepté sa proposition. La campagne que nous traversions ressemblait, hélas ! à l'exacte description de mes livres d'école : une plaine sans charme, d'où surgit parfois un tracteur ou un épouvantail oublié. Rien. La Beauce, désolante et riche ; des champs de blé pour coffres-forts.

Seules couleurs un peu gaies, d'anciennes affiches

du cirque Pinder résistaient à la pluie sur quelques granges en tôle ondulée.

– Tu crois qu'il y a des enfants dans la région ? demandai-je à Marc, un peu éberlué par ces publicités pour les clowns.

– Évidemment, me dit-il, que veux-tu qu'ils fassent d'autre, les gens d'ici, le soir venu, sinon des enfants ?

Marc avait plus d'humour qu'on ne le croit, mais ses origines bourgeoises et sa fonction l'obligeaient à la réserve. Il roulait en respectant le code de la route, mais il savait plaisanter.

Nous sommes arrivés à midi. Jules Lamazière avait précisé qu'il n'avait pas l'habitude d'attendre. Le temps que Marc s'aperçoive que j'étais habillé de façon un peu négligée à son goût, nous étions devant le 3, rue de la Grange-aux-Loups. Signe de nervosité chez lui, il essuya pour la dixième fois de la matinée ses verres de lunettes, prit son porte-documents de cuir roux posé sur la banquette arrière, en maugréant contre mon laisser-aller.

– Jules Lamazière est forcément à cheval sur les principes, et toi, bien sûr, les principes tu t'assois dessus !

– Aïe ! fis-je pour l'amuser, présente-moi comme le grouillot de Drouot, ça rime et c'est rigolo.

– Ferme ta chemise, Manuel, on rigolera une autre fois.

Marc avait raison, Jules Lamazière n'était pas une personne au naturel enjoué. La petite bonne nous a conduits sans un mot, et pour cause, dans la pièce sombre où il nous attendait, perdu derrière un amas de livres en réparation. Il portait une blouse grise, semblable à celle des instituteurs laïques d'autrefois, et tirait sur une cigarette papier maïs du nom de Boyard, je crois, qui tachait ses doigts de nicotine.

– Monsieur Bauman, je suppose ! dit-il en s'adressant à Marc, vous pouvez vous asseoir.

Marc hocha la tête, puis s'installa au bord d'une vieille chaise en rotin défraîchie.

– Si vous préférez que nous restions seuls !

– Mais pour quoi faire, grand Dieu ! s'exclama le vieux.

Il dégagea les morceaux de cuir entassés sur un tabouret près de lui et me le tendit par-dessus son bureau.

– Voilà pour vous, jeune homme, je n'ai pas mieux à vous offrir, mais à votre âge, n'est-ce pas ?

– Ça ira, ça ira très bien, je vous remercie, dis-je en me tassant près de la bibliothèque.

La situation m'imposait un minimum de discrétion. Il aurait fallu ouvrir la fenêtre pour dissiper les odeurs mêlées de colle, de tabac froid et de poussière. Que pouvait bien faire de ses journées une bonne à demeure dans cette maison sale ? Un coup de plumeau et quelques fleurs en plastique, çà et là, l'auraient rendue pimpante... Mais non, Jules Lamazière, relieur de son état, préférait vivre ainsi ? Après tout j'avais d'autres motifs d'indignation.

– J'aime autant vous avertir, monsieur Bauman, je n'ai rien à déclarer, rien à vendre... J'emmerde la police et les journalistes avec ! Voilà qui est clair, non ?

Marc s'attendait à tout, sauf à une tirade de cet ordre ; avant même qu'il ne puisse réagir, le vieux enchaîna :

– Oui, je sais, monsieur Bauman, officiellement vous êtes expert, mais je n'en crois rien, vous entendez, rien. Expert ! ce n'est pas un métier sérieux, une couverture tout au plus. Quant aux commissaires, priseurs ou pas, je les emmerde, vous leur transmettrez de ma part.

– Je crois qu'il y a malentendu, dit Marc en présentant sa carte professionnelle, je viens pour affaires.

– Eh bien justement, monsieur Bauman, il n'y a pas d'affaires. Je n'ai rien à déclarer, rien à vendre. Que ceux qui prétendent le contraire le prouvent, la justice tranchera !

Décidément, Jules Lamazière valait le déplacement ; il y avait un mot à l'époque pour définir un personnage de son espèce : « maboul », disait-on. Je commençais à m'amuser.

La muette entra sans frapper, un verre à la main, du Pernod peut-être, qu'elle posa sur le bureau de son patron. Marc me lança un regard interrogateur que je traduisis par : « On est tombé chez des fous ? » C'était bien mon avis. La muette ressortit comme elle était venue, sur la pointe des pieds. Elle ne portait pas de soutien-gorge, cela m'étonna et me donna des idées.

– Si elle vous plaît, allez la rejoindre, jeune homme, elle ne pourra rien dire et ça la distraira un peu...

La proposition était inattendue et plaisante, en effet. Marc, je le sentais, tremblait à l'idée que je l'accepte.

– C'est bien aimable, monsieur, dis-je, mais je ne voudrais pas déranger !

Surpris par mon refus, le vieux avala son Pernod d'une traite, puis sur le ton de la confidence il ajouta :

– Marceline sera déçue... Elle va encore me faire la gueule toute la semaine... Faut dire que les beaux gars ne courent pas la région, alors, forcément, quand l'occasion se présente, je lui arrange quelque chose.

Soufflé ! Marc était soufflé. La conversation prenait un ton grivois qui ne rendait pas vraiment obligatoire son costume trois-pièces. J'étais donc l'occasion rêvée pour distraire une bonne, originaire du Berry, muette et docile. Programme de tout repos ou ténébreuse affaire de mœurs ? On était loin d'une vente d'originaux i-nes-ti-ma-bles !

– Ainsi, monsieur Bauman, vous avez fait ce déplacement pour rien... Si j'osais, je vous proposerais la charmante consolation que votre jeune collègue vient bêtement de refuser...

La tête de Marc faisait peine à voir, il transpirait maintenant. Pour se donner du courage, il desserra sa cravate et frappa violemment du poing sur le bureau du vieux.

– Ça suffit, Lamazière, votre comédie a assez duré ! Ou vous me vendez à son juste prix la collection complète des anarchistes allemands ou je vous dénonce... Réfléchissez bien, nous reviendrons dans une heure.

Marc venait de vaincre enfin sa timidité. Il me donna le signal du départ tandis que Jules Lamazière s'étranglait :

– Marceline, Marceline ma petite, sortez-moi ces escrocs.

Elle apparut aussitôt, silencieuse et légère, l'air mauvais. J'ai pensé qu'elle guettait derrière la porte le moment d'intervenir. Elle nous précéda pour descendre au rez-de-chaussée, côté rue.

Il faisait chaud, sa robe lui moulait les hanches. Elle marchait pieds nus, ce qui n'est pas une manière très paysanne. Le vieux ne devait pas s'ennuyer ; il nous surveillait du haut de l'escalier en hurlant :

– Escroc, gaulliste, eunuque ! Bauman, en plus, un nom pas catholique... J'aurais dû me méfier...

Il n'y avait personne rue de la Grange-aux-Loups. On déjeune à l'heure en province. Le soleil faisait fondre un bloc de goudron. Marc, ébloui par la lumière retrouvée, y laissa l'empreinte de ses mocassins neufs. Ses préoccupations étaient ailleurs.

– C'est lui ! J'en suis sûr maintenant, c'est lui !

J'ai préféré ne pas poser de questions inutiles, la journée serait riche en rebondissements. J'avais tout mon temps.

– Pour une muette, je trouve qu'elle entend bien cette Marceline !

– Oui, dis-je, et, qui sait, peut-être qu'elle parle quand on la couche ?

– C'est lui, Manuel, j'en suis sûr, c'est lui !

Marc poursuivait son idée. Moi, la mienne. Nous sommes allés déjeuner, pour faire comme tout le monde ici. Enfin à l'air libre après ce quart d'heure étouffant, nous avons découvert, en marchant au hasard, sans risque de nous perdre, une plaisante bourgade formée d'une église du douzième siècle, d'une place et de quelques rues groupées de part et d'autre de la Nationale 20. La Ferté-Saint-Aubin se tenait là, tranquille et conforme à la tradition française. On s'y ennuyait déjà le dimanche.

Délaissant le « Café des Sports », où l'on servait un plat du jour aux ouvriers de la fonderie toute proche, nous avons préféré « L'Écu de France », qui offrait une salle à manger plus fraîche et moins voyante. Les poutres bien entretenues et la cheminée remise à neuf ne faisaient pas vrai. Les parasols publicitaires, ouverts dans le jardin, manquaient de discrétion. Nous ne nous sommes pas arrêtés à ces détails d'ordonnance. Je les note ici avec le souci d'intéresser les voyageurs de commerce qui reconnaîtront les lieux. Il y a longtemps, pour ma part, que je ne déjeune plus à « L'Écu de France ». Marc, on s'en doute, n'avait pas faim ; il fit semblant de goûter à l'omelette aux cèpes que la patronne nous avait recommandée.

Je n'ai pas touché au pichet de vin rosé d'Anjou pour garder les idées claires, mais j'ai trempé un sucre dans le cognac que Marc dégusta en réfléchissant. Il y avait près de nous deux couples d'Anglais, apparemment de bonne humeur et, dans un coin, un homme seul, confortablement installé devant une blanquette à l'ancienne. Il avait le ventre plus large que la serviette à carreaux rouges nouée par prudence autour de son cou, un habitué que la servante appelait : docteur Paulus. Ce nom m'avait frappé, il fait plutôt comique troupier. Marc posa sa veste sur le dos d'une chaise et, brusquement libéré des contraintes bourgeoises, retroussa ses manches de chemise. Il n'avait pas ouvert la bouche depuis un long moment.

— Tu as bien entendu, Manuel, cette vieille crapule trouve que mon nom n'est pas assez catholique...

— Oui, dis-je, mais ce n'est pas une insulte, une provocation tout au plus.

— Non, Manuel, un réflexe, une dénonciation. Jules Lamazière persiste et signe et avec quelle arrogance !

— Je ne comprends rien, Marc, rien. Qui est ce bonhomme : un faux-monnayeur, un satyre, un assassin ? Et pourquoi nous a-t-il reçus ?

Les Anglais sortirent en riant. Le docteur Paulus piquait du nez sur son assiette à dessert et la patronne de « L'Écu de France » s'entretenait avec le chef (peut-être son mari) de problèmes d'intendance, sans intérêt pour nous. Marc me donna enfin des éclaircissements.

Il avait obtenu ce rendez-vous improbable avec Jules Lamazière, grâce aux bons offices d'un collègue à Drouot, qui lui avait conseillé de tenter une approche sans garantir le résultat. « En principe, il ne vend rien, mais, de ma part, il te recevra... Une fois là-bas, à toi de jouer. »

Tout avait donc commencé le plus simplement du

monde. Marc s'apprêtait à une discussion âpre, mais il prit la route de La Ferté-Saint-Aubin sans inquiétude particulière.

« Dans le pire des cas, ce sera une partie de campagne », m'avait-il expliqué avant notre départ.

Trois heures plus tard nous étions pourtant en plein roman policier. Détectives à l'affût du moindre indice. Marc était sûr, maintenant, d'avoir surpris le vrai Jules Lamazière. Celui qui tentait, depuis des années, d'organiser l'oubli autour de lui. Jules Lamazière avait dû faire face à plusieurs procès après la guerre ; ses compagnons de résistance le montraient du doigt sans réussir à le démasquer. Il y avait des dizaines de dossiers à son nom à la Chancellerie. Tout plaidait contre lui dans l'affaire du réseau.

Régulièrement son nom revenait dans les journaux et dans des livres. Il avait donné Jean Martin, héros national, mais personne ne pouvait le prouver. Entre deux interrogatoires de police, Jules Lamazière reliait soigneusement des livres rares. Une occupation bien trop paisible pour un coupable idéal.

– Il ne lui manque plus que la Légion d'honneur, me dit Marc qui s'appliquait à me communiquer son indignation.

– Mais encore ! dis-je, à supposer que tes soupçons soient fondés, que pouvons-nous faire ?

– Rien, tu as raison. D'ailleurs les gens ne vous pardonnent pas leurs mauvais souvenirs...

J'ai réclamé un peu de crème Chantilly sur ma tarte aux fraises. Nous avions l'après-midi devant nous. J'avais deviné qu'on ne retournerait pas chez le vieux. Marc était trop gentil pour s'acharner sur un fantôme.

– On rentrera plus tard, me dit-il, et tu conduiras si tu veux...

C'est en visitant un moulin oublié que nous avons

croisé une petite fille d'apparence aimable, qui lançait des coups de pied sur le chien qu'elle tenait en laisse. Et elle riait de bon cœur. Oui, elle riait.

Il se passe des choses étranges à La Ferté-Saint-Aubin. On dit même que l'actrice Madeleine Sologne y coule encore des jours heureux !

9.

Personne, hélas ! ne se souvient de Madeleine Sologne ni d'ailleurs de Silvana Pampanini, une personne magnifique pourtant. Où sont donc passés les routiers qui accrochaient sa photo dans la cabine de leur camion ? Et les soldats du contingent, en Algérie, ont-ils oublié cette pulpeuse aux yeux de braise qui vint les visiter autrefois ?

Même le directeur du ciné-club de Saint-Rémy-lès-Chevreuse, à qui j'apportais la preuve de son existence, ne voulut pas admettre qu'elle était célèbre au milieu des années cinquante.

Il fit la moue en consultant ma documentation.

– Ce sont des faux, me dit-il, des faux grossiers, vous m'entendez. Quant à son nom, monsieur, permettez-moi de rire... Pampanini. Peut-on s'appeler Pampanini, je vous le demande ?

Je restai sans voix, atterré par tant d'inculture et de méchanceté. J'étais venu voir ce cinéphile soi-disant éclairé pour le convaincre de programmer un festival Pampanini à Saint-Rémy-lès-Chevreuse. Je pensais qu'il serait bon de rendre hommage à la reine du cinéma franco-italien.

– Vous plaisantez, je suppose, me dit-il en refermant le dossier complet que j'avais préparé avec soin.

Il me prenait pour un fou victime de quelques

fantasmes inavouables. Son regard trahissait un peu de pitié à mon égard.

Il y avait sur les murs de son bureau des affiches annonçant un cycle consacré à Geneviève Taillandier, une actrice suisse, morte d'une overdose pendant le tournage d'un opéra-rock inspiré de *Madame Bovary*.

Cela aurait dû suffire à m'inquiéter.

– Vous comptez remplir les salles avec Geneviève Taillandier ? lui dis-je perfidement en m'apprêtant à sortir.

– La question ne se pose pas, monsieur ! Godard l'adorait, c'est une référence suffisante pour les amateurs de vrai cinéma...

Le directeur du ciné-club de Saint-Rémy-lès-Chevreuse était un garçon pâle, qui portait de fines lunettes cerclées de fer et un chandail ras du cou. Peut-être avait-il été étudiant en mai 68, à l'heure où la Sorbonne était envahie de braillards. Je ne vois pas d'autres excuses à son comportement. Savoir qu'il sévit aujourd'hui encore me désole. Le jour viendra pourtant où un jeune homme insolent rira en l'entendant parler de Geneviève Taillandier.

Je n'ai pas insisté. Il n'aurait pas supporté le récit de ma rencontre avec Silvana.

C'est contre lui que je révèle enfin cet épisode si particulier de ma vie.

Je n'avais pas vingt ans mais je ne perdais rien pour attendre.

Ma mère, qui travaillait chez Kodak, m'avait offert un appareil photo et j'allais dans Paris avec l'intention de fixer sur la pellicule les monuments de la capitale qui font rêver le monde. En faire un livre me paraissait une idée originale. On était passé au Sacré-Cœur avant moi et je me suis vite lassé de ces promenades touristiques.

Par habitude, je gardais mon appareil en bandoulière, mais j'avais bien décidé de renoncer à mes ambitions de photographe professionnel pour me distraire d'images plus secrètes : les loges de concierge, les devantures de quincaillerie, l'ombre des bars louches.

C'était un bel après-midi d'automne, de novembre, à l'heure où Pigalle retient encore son souffle chaud et ses lumières, comme un théâtre entre deux matinées. Je venais vérifier une chanson de Georges Ulmer, un artiste étranger qui chantait souvent à la radio, en ce temps-là. Mon père aussi la fredonnait. J'attendais de Pigalle un frisson en passant. Une aventure.

Comment pouvais-je penser qu'elle serait là, adossée à la vitrine d'une boutique de lingerie fine ? La confusion n'était pas possible. Il y avait beaucoup d'hommes autour d'elle mais des projecteurs aussi et des caméras. Elle faisait du cinéma, villa de Guelma, à Paris, dans le dix-huitième arrondissement. Son nom était inscrit au dossier d'un fauteuil de toile beige : Mlle Pampanini. J'aurais pu tomber à ses genoux, là sur le trottoir. Aucun monument ne m'avait fait le même effet.

Étais-je le seul, parmi le petit groupe qui s'agitait pour la servir, à ressentir une telle émotion ?

– Sortez du champ, on va tourner. Silvana, ma chérie, ça va être à toi... Silence !

Je me suis réfugié sous une porte cochère, où j'allais pouvoir assister discrètement au tournage de la scène principale de *L'Impasse du vice*, le fameux film de Nino Cosenti, un metteur en scène italien injustement décrié par les tenants de la « nouvelle vague ».

La Pampanini mouilla ses lèvres, corrigea l'échancrure de son corsage dans la glace que lui tendait son habilleuse puis, reprenant la pose qu'on lui avait indiquée, dit simplement :

— Je suis prête, Nino, on y va quand tu veux...

Je rapporte en français des mots prononcés avec un accent charmant qu'elle exagérait pour séduire. C'est Jacques Fath, je crois, qui dessinait ses robes.

— Moteur, cria Nino Cosenti, action...

Des figurants se mirent à marcher, créant ainsi le mouvement de la rue ; un faux marin s'approcha de Silvana pour lui faire admirer le tatouage de son bras droit. Elle devait éclater d'un rire moqueur quand, surgissant d'une voiture décapotable garée un peu plus loin, le jeune premier apparaissait enfin, l'air sombre.

Le scénario exigeait que Silvana passe, dans le même instant, de l'éclat de rire à la stupeur proche de l'angoisse.

Dix fois ils recommencèrent par souci de perfection. Le metteur en scène précisa à Silvana ce qu'il attendait d'elle :

— Tu as peur, chérie, tu ris du marin mais aussitôt que tu vois Jean venir vers toi, ton visage change. N'oublie pas que je te garde en plan serré jusqu'à la gifle...

— O.K. ! répondit-elle sans montrer la moindre impatience.

Son partenaire s'appelait Jean Bretonnière. Un petit Français dont on parlait beaucoup pour prendre la relève des grands séducteurs d'avant-guerre. Il trouvait enfin une chance unique : gifler Pampanini avant de mourir dans ses bras sur un trottoir de Pigalle. Ce rôle en or lui valut bien des propositions par la suite. Même en Belgique.

Il débutait. Cela se remarquait à la façon timide qu'il avait de répondre « oui » à Nino Cosenti.

Jean Bretonnière portait un imperméable couleur

mastic, négligemment noué d'une martingale, façon voyou. C'est lui, d'ailleurs, qui lança cette mode chic et sport à la fois.

Aurait-il oublié, lui aussi, ce qu'il doit à Silvana Pampanini ?

Personne ne faisait attention à moi. À l'abri de la porte cochère, j'ai même osé prendre quelques photos du tournage. Elles furent ratées, pour la plupart, floues ou trop sombres. On devinait à peine la silhouette de l'actrice derrière celle, plus précise, du marin lui offrant son épaule nue.

Mon père et ma mère me crurent sur parole.

À l'Éden Montrouge on avait joué, peu de temps avant, une superproduction en eastmancolor, dont Silvana était la vedette : *Le Port des amants perdus*. Nous l'avions vue en version originale sous-titrée. C'était une belle histoire triste où déjà la Pampanini laissait aller sa nature généreuse.

La scène où elle se jette dans les eaux sales du port de Conakry, après une dispute avec Burt Lancaster, m'avait bouleversé.

Jamais je n'aurais pu imaginer que je la trouverais sur mon chemin, villa de Guelma, dans le dix-huitième arrondissement, un quartier que l'on dit pourtant mal fréquenté.

Je n'ai pas raconté cela plus tôt pour ne pas paraître prétentieux. Quand *L'Impasse du vice* est sorti sur les écrans, j'aurais pu faire scandale en donnant aux échotiers des détails croustillants sur la vie privée de Mademoiselle Pampanini. C'est ainsi que l'on nommait les actrices autrefois.

Dans les magazines spécialisés, on la voyait remonter la via Veneto, à Rome, cheveux au vent. Dans la neige, à Cortina d'Ampezzo, elle souriait au bras de son mari, le très séduisant Giancarlo Paveroti.

Oui, Silvana venait de se marier. Ce fut ma chance.

Lui, comme elle, aimait les bons garçons de Paris, rieurs et sans façon. Je tombais bien. Il était tard quand, enfin, Nino Cosenti cria :

– Coupez, ça va... On reprendra après dîner.

Les machinistes et les assistants commencèrent à plier les câbles et à ranger les caméras. L'habilleuse courut porter une fourrure blanche à Silvana qui s'attardait en bavardant avec un groupe de figurants, en toute simplicité.

– Ne prends pas froid ! lui cria Cosenti, on tourne cette nuit...

– O.K. ! chéri, lui répondit-elle en faisant claquer un baiser de vamp sur le bout de ses doigts.

Cosenti s'éloigna entraînant avec lui une partie de l'équipe. Je suis alors sorti de ma cachette pour aller me mêler au groupe qui entourait la vedette. Elle signait des photos et riait en touchant le pompon du marin. J'ai pensé qu'il y aurait vite un attroupement. Heureusement une longue limousine noire est entrée en marche arrière villa de Guelma, une voie sans issue, d'ordinaire moins animée ; arrivé à notre hauteur, le chauffeur descendit ouvrir la portière à Silvana qui s'engouffra dans la voiture, toujours en riant à gorge déployée.

– Elle est du tonnerre ! me dit le faux marin en regardant disparaître ce bateau qui l'emportait dans la nuit.

Ensemble nous avons marché sur le boulevard de Clichy.

Pigalle avait mis ses lumières de manège ; la place tournait plus vite maintenant ; des gens pressés s'engouffraient aux marches du métro, d'autres s'attardaient aux vitrines, papillons crucifiés par les néons éclatants. J'étais content.

– Si nous allions boire un verre ? dis-je au marin, perdu dans le même rêve que moi.

– Si tu veux, me dit-il, mais j'ai pas un rond... On est payé en fin de tournage, dans deux jours.

On s'est arrangé. Je ne voulais pas perdre l'occasion qui me serait offerte, grâce à lui, d'approcher une vraie vedette de cinéma.

Pierre, le faux marin, m'entraîna au « Bar de l'Atlantique » au coin de la rue des Martyrs.

– L'équipe se retrouve là-bas pendant les coupures... Tu verras, c'est chouette !

– Silvana y sera aussi ?

– Tu rigoles ou quoi ? Elle va se reposer à son hôtel...

J'aurais dû me douter que Silvana Pampanini n'avait pas à traîner au « Bar de l'Atlantique ». C'était un endroit bariolé et populaire comme on les aime à Paris, avec un long comptoir de zinc et, dans l'arrière-salle, des tables carrées en Formica jaune vif ; sur un pan de mur avait été peinte une fresque balnéaire qui représentait un immense rocher sur la mer avec des palmiers autour et des baigneurs multicolores.

La scripte et le directeur de la photographie étaient là : il y avait aussi des Italiens joyeux, des techniciens et des figurants qui formaient une bande animée.

Pierre m'a présenté à quelques-uns de ses amis, puis nous nous sommes installés à une table un peu à l'écart. J'étais heureux d'être adopté si vite par l'équipe. Ma présence sur le tournage ne paraîtrait plus suspecte.

Pierre avait mon âge mais il était plus grand que moi, plus costaud. C'était un faux marin mais son tatouage était vrai.

Il prenait son rôle très au sérieux.

– Je fais quand même trois apparitions, me dit-il, dont une dans la scène principale...

C'est à Silvana qu'il devait cette faveur. Elle avait tenu parole. Leur rencontre datait de quatre mois à peine, à Rome, une nuit d'été dans un night-club proche de la villa Borghèse. Pierre, qui prenait ses premières vacances à l'étranger, ne pensait pas devenir acteur ; il n'avait même jamais vu un film avec Pampanini. Il aurait pu faire un excellent professeur d'éducation physique, sa carrure le lui permettait.

– Je portais mon maillot blanc rayé de bleu, et un pantalon de toile blanche... Je dansais comme un fou...

Ce mambo endiablé allait changer son existence. Quand la musique s'arrêta enfin, Pierre, qui s'apprêtait à quitter la piste pour rejoindre les amis qui l'accompagnaient, fut tout étonné d'être acclamé par des vivats venus plus précisément de la table d'honneur où s'esclaffait la jeunesse dorée des environs. Silvana Pampanini elle-même avait donné le signal des applaudissements. Elle fit inviter parmi sa cour celui qu'elle baptisa aussitôt « el marino ». De quel pari Pierre était-il l'enjeu ? Il ne se posa pas la question, fier qu'il était de plaire à une femme riche et certainement célèbre.

Il avait chaud, ses mèches de cheveux blonds collaient à son front, et, tandis qu'il tendait une main timide à l'actrice, quelqu'un lui versa une coupe de champagne sur la tête pour le rafraîchir.

Bref, un accueil italien avec des rires et des mains partout.

– C'est son mari, Paveroti, qui m'a séché le dos avec une serviette, me dit-il encore, émerveillé par tant de prévenances. Après, il m'a...

Pierre s'interrompit, hésitant à terminer sa phrase. J'aurais voulu l'entraîner à des confidences plus précises, mais j'ai compris qu'il n'oserait pas... Pas tout de suite.

Je suis sans doute un peu pervers, mais j'ai toujours envie de savoir pourquoi un type que l'on ne connaît pas deux minutes avant vous frotte le dos dans un night-club ?

– Sa femme ne disait rien ?

– Non, me dit Pierre, elle trouvait cela gentil. C'est un couple très libre, tu verras...

– Alors ?

– Alors... on s'est bien amusé, on a dansé toute la nuit ; mon copain français et sa petite amie italienne sont venus nous rejoindre... Elle me traduisait ce qui se racontait autour de moi. « Tu leur plais bien, me disait-elle, ils veulent que tu fasses du cinéma. » Elle n'en revenait pas. Moi non plus.

Au « Bar de l'Atlantique » aussi, Pierre avait du succès. Il ressemblait vraiment à un marin en virée à Pigalle. Il avait gardé son bonnet à pompon et le même maillot blanc rayé de bleu, qui avait fait s'écrier Pampanini : « *Ma che bel marinaio.* » Il n'en faut pas plus, parfois, pour se faire remarquer.

– Toi non plus tu ne dois pas laisser passer la chance, me dit Pierre sentencieux, je te présenterai à Paveroti. C'est lui qui conduisait la voiture de Silvana tout à l'heure. Tu verras, c'est un beau mec...

Je ne m'étais pas intéressé à celui que je tenais pour le chauffeur, mais je me souvenais de la fameuse photo de *Ciné-Revue* prise à Cortina d'Ampezzo. En effet, Paveroti avait de la prestance, mais j'étais plus sensible à la beauté sulfureuse de « la dame de Cinecitta ».

De quelle mission Pierre était-il chargé pour se proposer de jouer les entremetteurs ?

– C'est gentil, lui dis-je, mais je préférerais rencontrer Silvana (oui, entre nous nous l'appelions familièrement par son prénom), la féliciter, lui parler de sa carrière. Pendant ce temps-là tu prendras une photo d'elle avec moi...

Je me serais contenté de peu, on le voit.

– Ça viendra, me dit-il, mais il faut d'abord passer par lui. Tu veux un dessin...

Je fus surpris par le ton ironique, un peu dur même qu'il employait brusquement alors que je lui offrais un croque-monsieur et une crème au caramel.

– Je ne veux pas faire de cinéma, dis-je. Je passais là, par hasard, c'est tout...

– Ne fais pas l'idiot, me dit-il, on ne reste pas par hasard à guetter des acteurs sans une idée en tête.

Son assurance m'impressionnait, peut-être avait-il raison. On ne s'intéresse pas pour rien à Silvana Pampanini ! Les gens normaux ont d'autres soucis, ils sont pressés de retourner chez eux. Moi, je l'avoue maintenant, j'ai suivi Pierre, trois jours et trois nuits sans rentrer à Montrouge. J'avais prévenu ma mère qu'il ne pouvait rien m'arriver de grave, sans lui préciser que j'étais à Pigalle au « Bar de l'Atlantique » avec un faux marin qui voulait me lancer dans le cinéma. Dans ce milieu étrange il vaut mieux se méfier des promesses.

Un assistant vint battre le rappel, il nous fallait rejoindre l'équipe sur le lieu du tournage. La feuille de service indiquait : rue Véron, 22 heures-3 heures du matin, intérieur nuit, hôtel Splendid.

J'ai gardé cette feuille ronéotypée qui prouve bien que j'ai participé au tournage de L'Impasse du vice.

Nous avons donc remonté, par petits groupes séparés, les rues étroites et sombres qui forment ce quartier incertain, qui va de Pigalle à Montmartre. On a tort de croire qu'il ne s'y passe rien, parce que les provinciaux n'y viennent pas et qu'il y a des chats endormis à la fenêtre des rez-de-chaussée.

Oui, il faudra bien finir par s'inquiéter des femmes en fichus qui nourrissent les chats et dénoncent les usagers de la vespasienne de la rue des Abbesses. Les apparences sont trompeuses, là-haut, je l'ai bien deviné, tandis que nous marchions en bavardant, Pierre et moi, suivis de la scripte et de deux filles assez grosses qui cherchaient « l'impasse du vice », ce qui nous amusa un moment. Elles se ressemblaient : roses et soufflées comme des poupées en Celluloïd.

— On peut venir avec vous ? nous demanda l'une d'elles.

— Te gêne pas, ma poule, répondit Pierre l'air gouailleur, puis il ajouta en lui pinçant les fesses : Du vice y en aura pour tout le monde ce soir...

Ce projet parut l'enchanter puisqu'elle pouffa en se tenant le ventre. L'autre poupée en Celluloïd s'approcha de moi, espérant sans doute une semblable proposition.

— On est actrices ma sœur et moi... enfin, on débute, et vous ?

— Moi aussi...

— Dites, votre copain, c'est un vrai acteur ou c'est un vrai marin ?

— Touche-lui le pompon, tu verras bien, ma poule, dis-je m'efforçant de paraître aussi naturel que Pierre dans le même genre.

Il aurait fallu un poète pour immortaliser ces répliques improvisées, quelque part vers la rue Véron, un soir de novembre, en 1957, je crois.

Déjà installés sur le trottoir, des projecteurs trouaient la nuit pour éclairer la façade de l'hôtel Splendid.

Deux agents de police se tenaient en faction pour éviter un improbable débordement de curieux ; il y avait un certain remue-ménage mais il était organisé par Nino Cosenti, le metteur en scène, qui donnait des ordres à l'équipe technique.

– Où vais-je me planquer ? demandai-je à Pierre qui s'avançait, sûr de lui, parmi les câbles, les chaises et les canapés sens dessus dessous, qui encombraient la réception de l'hôtel où couraient des comédiens et des figurants à moitié nus.

– Ne crains rien, me dit-il, les assistants te connaissent maintenant ; assieds-toi derrière le bar, je viendrai te chercher quand il sera là...

Je le vis, sans attendre ma réponse, disparaître en courant dans l'escalier qui menait aux chambres. J'avais envie de fuir, moi aussi, et pourtant je ne bougeais pas, incapable du moindre mouvement qui, je le redoutais, aurait attiré l'attention sur moi. Quelque chose me retenait, cloué au sol, prisonnier d'un scénario qu'un autre avait imaginé et qui me nouait l'estomac.

Il fallait que je me débarrasse des deux poupées en Celluloïd qui s'accrochaient comme des sangsues. À cause d'elles, si voyantes, j'aurais eu des ennuis.

– Partez, leur dis-je, partez vite ou j'appelle la police !

Je n'avais rien trouvé de mieux pour les effrayer.

– Allez, ouste, dehors, vilaines, dehors...

Je crois même les avoir poussées. Elles s'enfuirent en criant, et je les ai vues monter se réfugier dans le camion de la technique où on a dû les consoler rapidement. Les Italiens adorent les gros culs et eux, au moins, ils savent parler aux femmes.

Ouf ! j'allais enfin pouvoir me cacher. La scripte, en passant, m'adressa un sourire qui me rassura. Je repris confiance en moi ; après tout, je serai bientôt l'ami de Silvana Pampanini, pensai-je en oubliant volontairement qu'il me faudrait d'abord plaire à son mari.

J'étais quand même un peu timoré pour mon âge ; tous les jeunes gens qui veulent réussir dans la vie devraient pourtant savoir qu'il convient de se montrer aimable avec les gens importants.

Ils arrivèrent au bras l'un de l'autre, à minuit, en riant. Où était le danger ?

Chacun s'écartait sur leur passage ; on aurait cru un couple royal parmi ses sujets.

– Je suis à toi, chéri, dit-elle à Cosenti qui indiquait à la doublure lumière la pose exacte qu'elle devrait prendre dans un instant.

Tout allait pouvoir commencer. Giancarlo Paveroti réclama des cigares à l'accessoiriste. C'est vrai qu'il avait de la classe !

En un instant le décor fut planté. Je cherchais une suite logique entre la scène tournée l'après-midi même devant une boutique de lingerie fine et celle qu'ils allaient filmer dans le salon élégant et poussiéreux de l'hôtel Splendid.

Silvana portait maintenant une robe lamée rouge sang et ses cheveux, au vent tout à l'heure, étaient remontés en chignon. Comment pouvait-on recevoir une gifle et paraître, la minute d'après, telle une reine ? Comment passer sans transition du jour à la nuit ? Pourquoi Jean Bretonnière, le jeune premier, avait-il disparu si vite ?

– C'est ça le cinéma ! me dit Pierre, redescendu enfin vers moi.

Mes questions naïves l'amusèrent.

– Le cinéma, mon pote, c'est la vie à l'envers... tu verras.

Pierre avait une manière de terminer ses phrases par « tu verras » qui m'angoissait comme si je devais me préparer aux pires turpitudes.

– On filme dans tous les sens, me dit-il... On prend l'habitude, tu verras.

– Des promesses, toujours des promesses ! dis-je pour masquer mon appréhension.

Tandis que nous échangions des propos équivoques, à l'abri d'une zone d'ombre près du bar où je m'étais réfugié, j'ai bien remarqué que Paveroti nous surveillait ; je crois même avoir surpris un regard complice entre Pierre et lui.

– Silence, on tourne !

Pierre a foncé rejoindre sa place. Une fois de plus le miracle allait avoir lieu sous mes yeux.

– Moteur, action !

Pierre, de dos à la caméra, était installé à une table sur laquelle on avait disposé un jeu d'échecs ; face à lui deux hommes disputaient, sans parler, une partie serrée.

Cosenti filma d'abord en gros plan les mains des joueurs avant d'élargir doucement sur leurs visages, puis sur le salon tendu de velours grenat. Là, seulement, dans la lumière du projecteur, on découvrait les poupées en Celluloïd, la bouche ouverte comme deux grosses carpes tombées d'un aquarium. Elles étaient très bien. L'ambiance était lourde, on pressentait le drame. Caméra sur l'épaule, Cosenti pivota sur sa droite pour saisir dans le même temps l'entrée de Silvana, ouvrant une porte, et le sursaut des joueurs qu'on osait déranger.

Du grand art ! J'étais subjugué au point de n'avoir pas vu Paveroti se rapprocher de moi. Il me collait en faisant mine de suivre le déroulement de la scène. Je n'allais quand même pas me mettre à crier pour si peu ! Bien sûr, la fumée de son cigare me gênait mais il était le mari de Silvana et je n'avais rien à faire ici.

Rompant le silence, la belle actrice hurla en renversant le jeu d'échecs : « Je ne veux plus vous voir ici, vous avez compris, sortez avec vos gueules de croque-morts, vous faites peur aux touristes et moi, maintenant, je travaille avec les touristes. »

– Calme-toi, Floretta, calme-toi, sans cela c'est toi qui vas partir en vacances...

Le plus vieux des deux joueurs d'échecs, l'acteur Samson Fainsilber qui venait de parler sans élever la voix, claqua dans ses doigts pour inviter Pierre à réparer les dégâts, tandis que son partenaire bousculait Pampanini vers le canapé où elle s'écroula sous le regard apeuré des poupées en Celluloïd.

– Coupez ! Divine, ma chérie, tu as été divine. On va la refaire si tu n'es pas trop fatiguée, pour la sécurité.

– Non ! J'en ai marre, tu comprends ! Nino, marre...

Et, sans attendre qu'on la supplie de recommencer, Silvana Pampanini disparut dans l'escalier où Pierre la suivit. Personne n'osa bouger.

– C'est ça le cinéma ! me dit Giancarlo Paveroti qui ne semblait pas vraiment impressionné par l'éclat soudain de la star, son épouse.

Il avait trouvé ainsi le moyen d'engager la conversation avec moi.

– Elle est formidable, en effet ! dis-je en hochant la tête avec conviction.

– À qui le dites-vous... À ce propos, je me présente : Giancarlo Paveroti, et vous ?

– Manuel Mercadier... de Montrouge, ai-je ajouté

pour donner un peu de résonance à mon nom que je trouvais bien terne à côté du sien.

— Très joli, Manuel... Très sympathique.

Il avait cette façon italienne de joindre le geste à la parole en laissant sa main traîner le long de ma cuisse. Une preuve d'affection sans doute un peu excessive, mais qui me flattait, néanmoins.

« Il faut d'abord passer par lui », m'avait dit Pierre. Cette charmante menace se précisait donc plus vite que prévu.

Coincé entre un mur d'angle et le bar, je ne pouvais pas reculer.

— Ma femme et moi serions heureux de vous emmener dîner.

— Je vous remercie, mais j'ai déjà mangé, dis-je bêtement...

Il a souri, puis en passant sa main sur mon ventre, il a dit :

— Ça ira encore.

Paveroti parlait le français sans accent, ou presque ; seuls quelques *o* supplémentaires à la fin de certains mots rappelaient ses origines. Il avait une carrure de basketteur et de belles mains solides qui devaient rassurer les femmes les soirs d'orage. Brun aux yeux verts, à trente-cinq ans, il pouvait compter sur son charme pour lui faciliter la vie. Héritier d'un industriel milanais, il avait épousé Silvana pour épater sa famille et voir sa photo dans les journaux.

— Pampa est une fille adorable, et, en plus, nous avons les mêmes goûts...

Il s'est penché à mon oreille pour me confier cela. Autour de nous, chaque membre de l'équipe continuait à travailler ; le metteur en scène donnait des instructions pour une nouvelle séquence qui ne nécessiterait pas la présence de Silvana.

Samson Fainsilber avait déjà tourné avec Pampanini dans *Traite des Blanches*, un film turc. C'est la raison pour laquelle il ne s'était pas ému du caprice de la star. En attendant qu'on ait besoin de lui, il entretenait son partenaire, le jeune Frank René Vilar, des avantages comparés de la Loterie nationale et du P.M.U., sa passion.

Et Pierre, mon marin, qui ne redescendait pas. Que faisait-il ? Quel rôle officiel lui reconnaissait-on pour le laisser ainsi s'attarder dans l'intimité d'une star, lui, le simple figurant ? Étais-je victime de ma candeur ? Tombé dans un piège ?

Devinant mon trouble, Giancarlo Paveroti me dit simplement : « Venez, Manuel, on va les rejoindre... On sera mieux là-haut ! »

J'ai ramassé mon appareil photo, mon duffle-coat jeté en boule sur un grand tabouret, et je l'ai suivi sans poser de questions.

Il était temps que je prenne mes responsabilités.

Nous avons traversé le salon grenat dans l'indifférence générale. Je marchais lentement pour n'être pas soupçonné. Seules les deux poupées en Celluloïd se poussèrent du coude sur mon passage. J'ai entendu l'une d'elles, la plus méchante, murmurer : « J'en étais sûre. » Sans me retourner j'ai monté l'escalier, persuadé enfin qu'« on serait mieux là-haut ».

Le deuxième étage était calme. Trois chambres communicantes avaient été réservées par la production pour le repos de Mademoiselle Pampanini. On les avait redécorées pour elle. L'hôtel Splendid de la rue Véron, à Montmartre, fermé depuis plusieurs mois, n'avait certainement jamais abrité de clients si particuliers.

Paveroti poussa la porte 26 et s'effaça pour me laisser passer ; j'eus, malgré tout, l'impression d'entrer par effraction dans une cachette secrète où l'on ne m'attendait pas.

Il y avait des fleurs, du champagne et des corbeilles de fruits confits ; une douce lumière orange éclairait la pièce juste assez pour préserver son mystère. Pierre était là, nu, les cheveux mouillés, occupé à masser les épaules de Silvana, allongée sur le lit. Un peignoir blanc recouvrait le bas de ses reins et ses jambes si célèbres.

– Prenez une coupe, me dit-elle, pas gênée d'être surprise ainsi.

Et Pierre m'adressa un clin d'œil complice.

– Giancarlo chéri, comment s'appelle notre ami ?

– Manuel, il est très gentil, tu verras.

– Manouel, Manouel, mettez-vous à l'aise...

J'étais comme un imbécile, ne sachant pas où me débarrasser de mes affaires. Alors, j'ai dit :

– Ne vous dérangez pas, madame Pampanini, je ne fais que passer.

Pierre se mit à rire de me voir si timide.

– Il voulait te connaître et maintenant il tremble, dit-il à Silvana.

– Pauvre chou.

– Allez ! arrêtez de l'embêter, dit Giancarlo en claquant les fesses de Pierre qui ne s'en formalisa pas.

Je découvrais avec plaisir que les gens de cinéma sont très simples au fond. J'ai bu du champagne et j'ai pris la vie du bon côté.

– Tu sais, Giancarlo, on devrait rester deux ou trois jours ici, c'est plus amusant qu'au Ritz, et les garçons pourront nous tenir compagnie.

– O.K. ! Pampa.

– O.K. ! Pampa, dit Pierre en posant ses lèvres sur le cou de l'actrice.

– Et vous, Manouel, vous êtes d'accord ?

– O.K. ! Pampa, ai-je répondu sans hésiter, ce qui me valut une ovation inattendue.

Afin de leur prouver ma bonne volonté, j'ai enlevé ma chemise et j'ai laissé Paveroti me masser le dos.

Pierre a remis son bonnet de marin sans prendre la peine d'enfiler son pantalon. Il était encore plus beau comme ça.

L'ambiance, on le voit, était à la simplicité.

Je garde un souvenir émerveillé de ces heures trop vite passées dans la chambre 26 de l'hôtel Splendid, rue Véron, à Montmartre.

Nous avons rapproché les lits pour être plus à l'aise. Je me revois allongé entre Silvana et Giancarlo. Qui me croira, pensai-je ?

J'étais comme un écolier dans le lit de Cléopâtre ; la glace au plafond me servait de tableau noir. C'est Pierre qui, gentiment, délaça mes chaussures et tira sur mon pantalon. Il faisait chaud et j'étais mieux ainsi. Après, nous avons écouté un disque de Django Reinhardt, un guitariste unique. Silvana a dit : « Je veux de la musique sensouelle, pour Manouel. »

Quelqu'un a baissé la lumière. Là, enfin, j'ai vu apparaître sur la table de nuit une boule phosphorescente qui représentait la Vierge Marie. Je l'ai portée près du visage de Silvana ; de la neige est tombée sur ses yeux devenus mauves et la sainte assista à notre premier baiser. Oui, Silvana était très pieuse et pourtant elle avait pleuré, autrefois, pour un dictateur sud-américain catholique pratiquant. Nous étions protégés maintenant, bien au chaud, les mains de Pierre et de Giancarlo cherchaient à nous rassurer et à nous réunir.

Je pourrais donner bien d'autres précisions, dire des choses que l'on ne trouve pas dans les meilleures revues de cinéma, mais j'aurais trop peur que l'on ne me montre du doigt.

Pierre, le faux marin, nous a servi du champagne pendant trois jours et trois nuits ; il descendait à Pigalle acheter des fleurs et des sandwiches au jambon de Parme. Il est aujourd'hui vigile au Centre Beaubourg. Un bon garçon, toujours prêt à rendre service.

Personne, hélas ! ne se souvient de Silvana Pampanini. Sauf moi et lui, peut-être.

10.

Je n'oublie rien, ni personne. C'est plus fort que moi.

Je n'ai jamais fait mon âge, je veux dire que ma mémoire est plus ancienne que mes joues qui furent rondes longtemps après ma première dent.

Alors, voilà, je me suis marié. Cet événement est passé inaperçu car nous avions choisi, Lita et moi, une date devenue historique depuis, mais pour d'autres raisons.

Le 11 mai 1968, à la mairie de Montrouge j'ai finalement dit oui à Lilianne Gripont, dite Lita Renoir, danseuse de son état.

Ma mère était enfin rassurée et mon père trouvait la petite drôlement « bien roulée ».

C'est pour eux, d'abord, que j'avais accepté de convoler en « justes noces », selon l'expression charmante du carton d'invitation.

Mon principal souci, ce matin-là, fut de réveiller Lita assez tôt pour qu'elle soit prête à l'heure. Nous étions attendus avant midi à Montrouge, un pari difficile à tenir quand on connaît le mode de vie des femmes de music-hall.

Je vivais avec Lita Renoir depuis plus d'un an et j'étais donc bien placé pour savoir qu'elle occuperait la salle de bains plus longtemps encore que d'habitude, ce qui n'est pas peu dire.

– C'est pas tous les jours qu'on se marie, répondit-elle finement avec ce sens inouï de la repartie, qui m'enchantait souvent.

Bref, nous sommes arrivés en retard, comme prévu. Heureusement ma mère avait pris les choses en main, elle faisait patienter l'adjoint au maire, en lui expliquant que sa future belle-fille était une actrice : « Vous comprenez, n'est-ce pas ? »

Notre entrée fit sensation ; celle de Lita, surtout, qui portait un chapeau orange et des hauts talons en strass de même couleur. Son tailleur de soie bleu pâle avait été dessiné pour elle par Arnold de Ronceray, le costumier du Concert Mayol. Le vrai chic parisien, avec le sac et les gants assortis. Oui, Lita Renoir était superbe ! À la ville comme à la scène, on ne voyait qu'elle. Je l'aimais bien de dos aussi, c'est ainsi que je la découvrais depuis les coulisses du théâtre. Elle avait des fesses de garçon, un don du ciel, qui ne laissaient pas indifférents mes cousins de province, sagement installés en rang, sur des bancs de bois. Ce fut une cérémonie touchante.

Swan, le boy préféré de Lita, et François, mon seul ami, signèrent en leur qualité de témoins les registres d'état civil ; un photographe de *Paris Frissons*, une revue sexy, nous demanda de nous embrasser « sans tricher », précisa-t-il, et ma mère donna le signal du départ à nos invités. Elle avait organisé dans le moindre détail la suite des festivités. On pouvait lui faire confiance, il y aurait un bal.

– J'ai acheté des disques d'accordéon, me glissat-elle à l'oreille ; de twist aussi, pour les jeunes.

Cette danse était déjà démodée mais je ne voulus pas la contrarier un si beau jour, d'autant qu'elle avait accroché des rubans blancs aux portières et aux rétroviseurs de la Citroën de mon père. Tout était parfait.

L'armée était sur le pied de guerre aux portes de Paris, la France entière, ou presque, était en grève générale et ma femme s'inquiétait de savoir si son chapeau allait résister au vent.

Des enfants nous jetèrent du riz en criant : « Vive la mariée. » Le grand-oncle, qui m'avait gardé à la campagne pendant la guerre, ôta son béret pour embrasser Lita, une dame me pressa sur son sein avec effusion ; j'avais mal aux pieds et je m'impatientais à l'idée qu'il me faudrait sûrement être de bonne humeur toute la journée.

Le cortège de voitures s'est enfin formé et nous avons traversé Montrouge à vive allure en ameutant les populations à coups d'avertisseur. Une coutume qui amuse follement les beaux-frères en goguette.

Un déjeuner champêtre nous attendait dans le jardin de la maison. Ma mère avait convoqué, dès l'aube, quelques voisines aux fourneaux. Les bouchées à la reine seraient succulentes. J'allais devoir présenter à Lita toutes sortes de gens sympathiques que je ne connaissais pas et divers parents éloignés, comme on dit dans ces cas-là.

La fête pouvait commencer.

Nous avons bu du Martini Bianco. Sous le cerisier, mon père commentait l'actualité avec son demi-frère, un gaulliste convaincu. L'occasion était trop belle.

– Le vieux Charles est foutu, les mômes vont le sortir...

Cher papa ! Son optimisme faisait plaisir à entendre. Pour lui j'avais privé Lita d'une messe en latin.

– C'est pourtant beau comme musique, m'avait-elle dit, espérant me convaincre.

Non ! Il aurait fallu que je me fasse baptiser et qu'elle explique au curé qu'on peut, tout à la fois, être vierge et meneuse de revue, ce qui ne va pas de soi, même pour un saint homme.

Lita était naïve, elle croyait en Dieu et lisait son horoscope chaque matin. Je l'ai épousée sans me formaliser pour autant. Après tout, elle dansait bien.

On imagine l'ambiance autour de la table. Swan, à qui ma mère avait désigné d'office une cavalière imposante, me lançait des regards affolés ; François, coincé entre un cheminot et sa fille, faisait mine de s'intéresser aux charmes de celle-ci ; le boute-en-train de service, debout sur sa chaise, menaçait de baisser son pantalon. Il s'agissait bien de mon mariage et j'étais désolé que cela fasse rire ma femme.

– Qui c'est, celui-là ? me dit-elle en gloussant.

– Un imbécile, tu vois bien !

– Tu n'es pas gentil, Manu, il est rigolo... Il met de l'animation.

Lita était plus indulgente que moi. Un rien l'amusait. Elle découvrait les joies simples de ces interminables réunions de famille où l'on trinque à l'apéritif, au dessert aussi, en chantant des refrains olé olé.

Lita n'avait pas de souvenirs d'enfance. Elle me parlait parfois d'une marraine en Bretagne, qui l'avait mise au pensionnat, après la mort de sa mère. Elle me disait : « J'ai eu froid. » « Il pleuvait. » C'est tout. Quand je lui posais des questions plus précises, elle semblait avoir peur : « Je ne sais pas, Manu. Je ne sais plus. » J'aurais voulu qu'elle se souvienne un peu, d'une plage à marée basse, des mains du premier garçon qui froissa son corsage, peut-être le jour de sa communion solennelle ? Elle hésitait même sur le prénom de son père, en s'appliquant indéfiniment à rajouter du vernis à ses ongles.

– Le passé ne sert à rien, Manu, ça donne froid...

Lita disait des choses terribles pour m'obliger à

changer de conversation. Elle interdisait qu'on l'appelle Lilianne.

Que voulait-elle oublier ?

Lorsque le boulanger-pâtissier de la rue Henri-Barbusse a sonné à la grille du jardin, il était déjà quatre heures de l'après-midi et les enfants qui attendaient le dessert se sont précipités vers lui en se bousculant.

La pièce montée géante vacilla mais le pâtissier, content de son chef-d'œuvre, la porta jusqu'à nous, sous les applaudissements de l'assistance. Quelqu'un cria : « Hourra ! Hip, hip, hip, hourra ! »

Le pâtissier a essuyé ses mains sur son tablier blanc puis il a posé, entre Lita et moi, le temps d'une photo-souvenir. Ce fut le tour ensuite de mes parents, de mon grand-oncle et de tous ceux qui s'étaient faits beaux pour cela. Même mon cousin Jean-Louis, le baroudeur de la famille, sentimental comme un parachutiste, me demanda la permission de jouer le marié à côté de Lita.

– Pour les copains, me dit-il, eux y verront jamais une actrice en vrai...

Elle l'a embrassé en lui laissant du rouge à lèvres sur la joue ; cette marque de tendresse, un peu appuyée à mon goût, m'agaça.

Il suffit de peu de chose pour faire rêver une caserne du Tarn-et-Garonne.

Le soleil réchauffait les verres de champagne ; Lita mangea avec ses doigts des choux à la crème collants de caramel, les hommes tombèrent leurs vestes et, bien sûr, on dansa. J'ai ouvert le bal avec ma mère. Elle avait gratté de la paraffine sur le ciment du garage pour que l'on puisse tourner la valse sans se tordre les chevilles. Ça ne valait pas le parquet ciré de « La Boule rouge », à Clichy, mais c'était bien quand même.

L'électrophone, un des meilleurs modèles « La Voix de son maître », jouait en série des classiques du musette et, selon la demande, des slows chantés par Elvis Presley, ou les mambos internationaux de Bob Azzam.

Des jeunes filles écarlates admiraient Swan qui se déhanchait avec l'élégance d'un professionnel, digne de l'affiche du Concert Mayol. François aussi, me sembla-t-il, le trouvait à son goût. Ils avaient dû convenir d'un rendez-vous plus discret.

Oui, mon mariage aura certainement facilité quelques affaires de cœur. Chacun s'arrangeait le mieux possible.

Près du rosier grimpant, que faisait Paul, mon petit cousin, assis sur les genoux de la blonde Mme Mangin, notre voisine ?

Il venait d'avoir quinze ans, un âge avancé malgré tout pour jouer à califourchon en toute innocence.

Tante Odile, la sœur aînée de mon père, avait eu le tort de mélanger les vins, la chaleur aidant elle s'écroula sur une gerbe de fleurs en traitant son mari d'impuissant, ce qui ne fait jamais plaisir à un homme qui vous a donné six enfants. Certains ont ri.

Ce fut vraiment une belle journée. Nous étions plus d'une trentaine à l'heure du lunch à nous presser joyeusement autour du buffet froid.

Que sont devenus ceux qui embrassèrent Lita en lui souhaitant beaucoup de bonheur ?

En fin de soirée, je m'en souviens, elle a enlevé ses chaussures pour imiter Mistinguett.

Ose-t-elle encore cela aujourd'hui, pour distraire la colonie française de Kampala ?

Elle vit là-bas depuis des années, et les tireuses de cartes n'avaient pas prévu l'étonnante destinée de Lita Renoir, ma femme.

Dans le jardin de Montrouge, nous étions loin de telles extravagances. Elle espérait seulement retrouver au plus vite son escalier du Concert Mayol. Les « événements » nous avaient obligés à interrompre les représentations de « Maxinu » et à retarder les répétitions de la revue programmée la saison suivante.

– Mais qu'est-ce qu'ils veulent au juste, ces étudiants ? me demandait-elle parfois, agacée par tant de désordre et de bruit.

Lita, on le devine, n'était pas une personne compliquée ; il lui suffisait de paraître sous les projecteurs pour que le monde tourne rond.

Je l'aimais ainsi, souriante du parterre au balcon. C'est avec moi qu'elle rentrait dormir, rue du Faubourg-Poissonnière, dans un joli petit studio, décoré par ses soins, comme une loge de théâtre. Elle collectionnait les cartes postales en couleurs et les flacons de fond de teint. Nous faisions l'amour l'après-midi et, par bonheur, elle n'aimait pas les chats.

Je n'avais aucune raison valable pour ne pas l'épouser.

Dans le jardin de mon père, il y avait de l'accordéon et des restes de nougatine. Lita glissa dans ma main les petits mariés en plastique, qui surplombaient la pièce montée. Pour nous porter chance !

Je ne pouvais pas imaginer qu'elle partirait bientôt avec un étudiant africain, devenu depuis ministre de la Justice en Ouganda.

Qui, d'ailleurs, peut croire possible une chose pareille ?

Elle avait pourtant un bel avenir devant elle. On lui dessinait de nouvelles affiches quand elle l'a rencontré.

Elle était splendide au final de « Fantaisies » ; les anciens parlent encore de ses jambes. Elle a d'autres boys, maintenant, moins blonds que Swan à l'époque.

Mes parents étaient heureux pour nous ; mon grand-oncle et mes cousins aussi.

Il était tard. Quelqu'un a encore crié : « Hip, hip, hip, hourra ! »

Tout cela se passait en mai 1968.

On comprend pourquoi je souris quand ils évoquent la « révolution ».

11.

Après tout cela, j'ai commencé à grandir. Il était temps ! Averti des choses de la vie, ou presque, je croyais qu'il ne pouvait rien m'arriver de mieux. Je me trompais. À trente ans et des poussières, tout est possible.

Je fus, bien malgré moi, à l'origine d'une affaire louche qui nous ramène à la fin des années soixante, l'époque assez morose où je n'espérais plus le retour de Lita.

J'avais gardé notre studio, 54, rue du Faubourg-Poissonnière, pour m'enivrer encore un peu de ce parfum sucré de chez Balenciaga qui flotta dans la chambre, longtemps après son départ.

J'habitais, pour me divertir, avec Jimmy Laurens, un ancien chanteur surnommé « L'ange blond du twist », une réputation flatteuse qui l'obligeait à se décolorer les cheveux, ce qu'il faisait lui-même avec beaucoup de soin. Il s'asseyait sur le bord de la baignoire-sabot, face à la glace lumineuse, à la place exacte que prenait Lita pour retoucher son maquillage.

C'est au « Pim Pam », le café des artistes proche du Concert Mayol, que je fis la connaissance de Jimmy Laurens. Il y venait régulièrement avec l'espoir de s'intégrer à notre bande, pour obtenir un contrat. La situation du théâtre n'était pas si florissante et la direction

déclina ses offres de service, sans ménager sa suscepti-
bilité.

– On a besoin de filles à poil, ici, pas d'un chanteur
yéyé.

Le père Germain Matouk, gérant et directeur artis-
tique de l'illustre établissement, ne se laissait pas attendrir facilement. Il consentait malgré tout à perdre de
l'argent pour avoir le privilège d'auditionner des danseuses dans son bureau : un cérémonial, vieux comme
le music-hall, qu'il organisait le lundi après-midi, jour
de relâche, afin d'être tranquille.

Jimmy Laurens n'avait aucune chance de retrouver
la gloire sur la scène du Mayol. Il était triste.

Un soir, je l'ai invité à monter boire un verre chez
moi. Je voulais le convaincre que rien n'était perdu,
qu'il n'aurait pas avantage à décevoir son public en
paraissant au milieu d'une revue légère.

– Ce n'est pas ton genre tout ça, tu es « L'ange
blond du twist », lui dis-je avec ferveur.

– Oui, c'est vrai, me répondit-il en se ressaisissant.
Mais, regarde, Elvis il chante *O sole mio* et ça plaît...
Alors ?

Que pouvais-je faire d'autre que de l'inviter à s'endormir sur le canapé ? Il est resté environ six mois à la
maison. Les gens disaient que nous vivions ensemble.
C'était vrai, mais ils auraient été déçus d'apprendre que
nous n'étions pas amants. Un oubli, sans doute !

Jimmy Laurens était un personnage déroutant que
les magazines pour jeunes filles présentaient, autrefois,
comme un séducteur impénitent. On lui avait prêté de
nombreuses fiancées. Il posait volontiers devant la
piscine de l'hôtel Majestic, à Cannes, des starlettes à
ses pieds. Aux « Arènes de Fréjus », le 15 août 1961,
quand il a chanté *Je cherche un grand amour*, ce fut
l'hystérie collective.

– J'avais le même jeu de jambes qu'Elvis, tu vois l'ambiance !

Il aimait raconter les folles années du twist quand il devait fuir dans un fourgon de police pour échapper à la foule. Peut-être exagérait-il un peu mais je l'écoutais sans me lasser. J'avais peur simplement qu'il oublie de fermer le gaz en sortant.

– J'ai des rendez-vous importants, me disait-il.

Je faisais semblant de le croire. Il n'avait plus que moi et je peux être une proie rêvée pour les mythomanes.

Jimmy m'accompagnait jusqu'à l'entrée des artistes du théâtre, puis il s'en allait présenter ses chansons aux éditeurs de musique qui, dix ans plus tôt, se battaient pour l'approcher. Ils le faisaient attendre maintenant. C'est vrai, il buvait trop de whiskies, mais c'était leur faute. Quand je rentrais, je le retrouvais penché sur sa guitare, une mèche de cheveux dans les yeux ; il écoutait de la pop music, les jambes allongées sur la table basse en fixant la pointe de ses bottes américaines. Oui, les anciens chanteurs de twist sont souvent malheureux, comme des enfants privés de dessert.

Il passait, d'une heure à l'autre, de l'exaltation à l'abattement. Tant de souvenirs, quand rien ne va plus, rendent imprévisible.

Il couchait parfois avec Monique Legof, l'ex-présidente de son « fan club ». Elle avait su patienter. Devenue mère de famille, elle rattrapait le temps perdu, quand Jimmy lui préférait les starlettes du Festival. Elle l'aurait voulu plus mince, comme sur les pochettes de disques qui s'entassaient dans sa chambre, mais il la regardait enfin, il lui disait des choses gentilles, et c'était bien.

Monique Legof gardait les chemises à jabot de dentelle qu'il portait au Golf Drouot. Elle les lave aujourd'hui encore, puis les repasse soigneusement avec celles de son mari. Un jour Jimmy lui a fait cadeau de son pantalon de cuir noir, celui qui le moulait de façon tellement sexy. J'avais eu du mal à le décider à renoncer à cette tenue, trop voyante pour prendre le métro.

Il me reprochait d'être démodé, lui !

C'est vrai, j'aimais déjà l'accordéon, les chanteuses d'autrefois et la banlieue sud, un monde bien éloigné du sien, mais qui me tenait chaud l'hiver. Et pourtant nous parlions. Il voulait savoir pourquoi Lita m'avait quitté, comment elle faisait l'amour ; il me racontait ses conquêtes quand il était une idole. Des conversations de garçons suffisamment banales pour l'intéresser.

Au fond, il me changeait les idées et, s'il m'arrive d'écouter un disque d'Elvis Presley, c'est grâce à lui. Il m'avait demandé la permission d'inscrire son nom sur la boîte aux lettres.

— J'ai fait suivre mon courrier, ça ne te dérange pas ?

C'était une précaution bien inutile. Personne n'écrivait plus à « L'ange blond du twist ». Même l'administration semblait l'avoir oublié. Ce doit être terrible de changer d'adresse sans inquiéter qui que ce soit.

Jimmy était très évasif sur la dernière période de sa vie.

— J'habitais chez une femme à Limeil-Brévannes. Elle ne croyait plus en moi... Elle voulait que je travaille dans un supermarché... Alors, voilà, j'ai pris ma guitare, mon sac et je recommence pour de bon.

Avait-il le choix ?

Je le regardais s'éloigner rue du Faubourg-Poissonnière, éternellement vêtu d'un jean clair et d'une veste en daim à franges, genre cow-boy. J'espérais toujours qu'on le reconnaîtrait mais les gens sont distraits. Jimmy Laurens remontait les grands boulevards sans se faire remarquer. Ça ne pouvait pas durer longtemps.

En décembre, comme chaque année, Germain Matouk envoyait les meilleurs éléments du Mayol donner deux représentations exceptionnelles de notre revue à Bruxelles, dans un hôtel international démoli depuis, me dit-on, « L'Impérial », je crois.

Jimmy, qui ne voulait pas rester seul à Paris, se souvint brusquement qu'il avait un père originaire d'Anderlecht.

– Emmène-moi, me dit-il, j'irai le voir, il doit être vieux maintenant.

Accompagnés d'une partie de la troupe, d'un magicien, d'un jongleur et de la doublure de Lita, devenue vedette en titre, nous avons pris un train à la gare du Nord. Un matin très tôt. Trop tôt pour des artistes. Il faisait froid, les danseuses qui sont des personnes fragiles s'enrhumaient. J'avais prêté mon pull-over rouge à Jimmy. Il fit le joli cœur durant tout le voyage.

Les filles le trouvaient drôle et je voyais bien que Gina Trampolino, une brunette souriante, en pinçait pour lui. À plusieurs reprises, le contrôleur vint ramener le calme dans notre compartiment trop bruyant au gré des autres passagers. Nous reprenions en chœur le refrain immortalisé par Lita : « Nu, nu, nu, monte là-dessus et tu verras mon nu. »

Jimmy ne manqua pas de nous narrer par le menu ses divers triomphes dans la région Nord-Pas-de-Calais quand il se produisait encore avec « Les Cyclones », un groupe qu'il avait formé à ses débuts. Gina Trampolino n'en revenait pas.

Comme convenu, des voitures de l'hôtel « Impérial » nous attendaient à la gare du Midi à Bruxelles ; l'organisateur était euphorique :

– La location est très bonne, monsieur Mercadier, très bonne, me dit-il. Les Belges adorent les petites femmes de Paris.

Il riait.

La journée commençait bien.

J'avais pris rendez-vous pour souper, le soir même, à la « Brasserie des Arts », avec le docteur Bernard Vergrhurge. Une habitude lors de nos passages à Bruxelles. Le docteur Vergrhurge aimait les artistes français ; c'était un ami de Lita. Il l'avait discrètement aidée autrefois à réparer une erreur de jeunesse. Lita ne voulait pas d'enfant pour garder le ventre plat. Un brave homme, le docteur, un peu cher mais serviable.

Étrange particularité pour un gynécologue, il s'intéressait beaucoup aux garçons. Cela ne semblait pas nuire à sa réputation. Bien au contraire.

Il était bientôt minuit. Les répétitions, dont j'avais la charge, s'étaient déroulées sans poser de problèmes et je me réjouissais d'aller boire des bières pression, mousseuses comme on les aime là-bas. On ne dira jamais assez la gaieté des grands cafés belges.

Dans une rue chaude, à l'écart du centre ville, la « Brasserie des Arts » se signalait de loin par une débauche de réclames lumineuses à dominante rose et bleu, mêlées aux néons violents des billards électriques. Si l'on ajoute qu'il neigeait cette nuit-là, on comprendra pourquoi je n'ai pas regretté mon voyage.

Le docteur Vergrhurge nous attendait, installé à la table qu'il réservait chaque samedi soir.

Je l'avais prévenu que je serais accompagné de Jimmy, sans lui donner d'autres précisions.

Nous le trouvâmes en conversation avec un serveur

aux cheveux roux bouclés, qui s'inquiétait pour la santé de sa femme.

– Voilà mes amis de Paris ! s'écria le docteur, visiblement satisfait de se débarrasser d'un importun.

– Si je les écoutais, me dit-il en levant les yeux au ciel, je donnerais des consultations dans les cafés... Asseyez-vous.

Je pris place face à lui, et Jimmy se glissa sur la banquette de moleskine près du docteur, ravi de se pousser un peu.

– Lita n'est pas avec vous ?

– Elle est en tournée en Afrique, dis-je pour couper court à toute explication sur mes déboires conjugaux.

– Quoi qu'il en soit, mon cher Manuel, soyez le bienvenu avec votre charmant camarade... Nous allons passer une bonne soirée.

– J'ai faim, dit simplement Jimmy, pas assez aimable à mon gré.

Il aurait préféré dîner avec Gina Trampolino ! Ce n'était pas une raison suffisante pour faire la tête à notre ami le docteur Vergrhurge, si content de nous voir.

L'atmosphère chaleureuse de la « Brasserie des Arts » prêtait à la fête. La jeunesse des environs s'y réunissait autour des flippers et du juke-box qui chantait ; aux tables voisines, des couples aux visages rubiconds mangeaient des moules marinières ; la patronne elle-même, une personne pourtant opulente, portait sur les fesses un nœud de ruban vert du meilleur effet. J'étais réjoui par tant de fantaisie.

Le serveur aux cheveux roux nous porta des menus géants et des chopes rafraîchissantes pour nous faire patienter. C'est lorsque Jimmy retrouva son sourire d'enfant, en commandant des profiteroles au chocolat que le docteur le reconnut.

– « L'ange blond du twist ! » s'exclama-t-il. L'Ancienne Belgique, l'été 1962 ?

– Moi-même, dit Jimmy.

– Ça alors... Jimmy Laurens... Mes collègues d'internat se moquaient de ma passion pour les yéyés. Vous étiez le plus beau !

Je restai interloqué par les aveux répétés du docteur. D'ordinaire, un praticien éminent ne se laisse pas aller, en public, pour un chanteur, fût-il joli garçon !

Jimmy, transfiguré, considérait enfin son admirateur.

– Tout va recommencer, docteur. Je prépare ma rentrée... Je reviendrai à l'Ancienne Belgique plus fort encore qu'en 62...

Vergrhurge transpirait. L'émotion sans doute. Il avala sa chope de bière d'un trait, tête renversée, puis il s'épongea le front avec sa serviette.

– Quelle belle soirée ! dit-il, en tapotant négligemment la cuisse de Jimmy.

Le docteur avait de longues mains manucurées qui surprenaient chez un homme de petite taille, aux allures rondouillardes. On ne lui donnait pas d'âge tant il ressemblait à un ancien bébé. Volubile, il agitait les bras en parlant ; on avait l'impression qu'il rebondissait sur son siège.

Le serveur aux cheveux roux nous présenta des harengs de la Baltique.

– Un peu de crème fraîche, docteur ?

– Oui, une fois... pas de régime ce soir.

Dans l'euphorie, Vergrhurge reprenait son accent natal. J'ai vu le moment où il allait retirer sa veste. Il n'osa pas. Des dames de sa clientèle auraient pu s'en offusquer.

– Savez-vous, dit-il à Jimmy, que j'ai tous vos disques à la maison ? Cela intrigue mes amis qui me savent, par ailleurs, inconditionnel de Renata Tebaldi, la cantatrice.

– Vous avez même *Twist America* ! dit Jimmy, épaté... Il est introuvable.

– Je ne m'en séparerais pour rien au monde, précisa le docteur en reprenant une cuillerée de crème fraîche.

Il voulait savoir le nom exact du guitariste anglais qui jouait en solo dans *Twist America*, où avait été prise la photo de la pochette qui montrait Jimmy, torse nu, devant une station-service-cafétéria, perdue en Californie.

Jimmy répondait point par point, n'omettant aucun détail, donnant des anecdotes sur ses débuts.

Leur enthousiasme faisait plaisir à voir. Je les écoutais, silencieux, incapable de me souvenir de l'air de *Twist America*.

– Vous n'aimez pas la chanson, Manuel ? me demanda Vergrhurge.

Il s'éventait avec un menu. Ses yeux ronds brillaient. Dans un geste théâtral, il leva sa troisième chope de bière en nous invitant à faire de même.

– À l'amitié franco-belge ; au grand retour de « l'ange blond », lança-t-il à la cantonade.

Puis, se tournant vers Jimmy, il ajouta :

– On achètera le Casino de Knokke-Le-Zoute s'il le faut, hein ?

La soirée se prolongea fort tard sur le même ton.

La glace, face à moi, me renvoyait les images d'un film entraînant. La patronne, avec son nœud de ruban vert sur les fesses, avait l'œil partout. Elle réglait l'interminable ballet des serveurs en tablier blanc, puis elle traversait la salle pour aller rappeler à l'ordre des jeunes gens allongés sur les billards. Des couples s'enroulaient dans la porte à tambour ; une marchande de fleurs, couverte de neige, passait entre les tables. On aurait pu croire à un vrai réveillon de Noël. Il y avait du bruit, de la musique et des rires.

J'entendais, malgré tout, Jimmy consentir aux moindres propositions de Bernard Vergrhurge, et je trouvais plutôt curieux qu'il laisse celui-ci lui tenir la main longuement sous prétexte de lui prédire son avenir.

Oui, je suis le responsable de cette rencontre improbable entre un gynécologue et un chanteur de twist, à la « Brasserie des Arts » de Bruxelles, un soir de décembre 1969.

Je fus bien obligé d'en convenir quand le juge d'instruction me convoqua, dans le cadre de l'enquête. J'ai raconté ce que je savais. Nous avions terminé la nuit au domicile de Vergrhurge ; un militaire en permission dormait dans la salle d'attente.

— Un ami de passage, dit le docteur en lui caressant les cheveux sans le réveiller.

Nous avons bu encore, de la Marie Brizard, en écoutant des disques d'opéra. Jimmy a eu une crise de nerfs. Il pleura. Vergrhurge dit : « Ce n'est rien, j'ai l'habitude, je vais lui faire une piqûre. »

— Oui, une piqûre, dit Jimmy en offrant son bras, et demain Bernard m'emmènera voir mon père...

Rassuré, je l'ai laissé coucher là. Il était entre de bonnes mains. On m'attendait à l'hôtel « Impérial ».

— Prenez bien soin de vous, Manuel, me dit Vergrhurge en m'embrassant dans le cou. Je m'occupe de lui...

Voilà, je ne les ai plus revus. J'avais beau téléphoner de Paris, une femme de ménage me répondait que le docteur était en voyage. Le directeur de l'hôtel « Impérial » croyait savoir que Jimmy vivait maintenant avec Vergrhurge. Je m'en doutais un peu mais, par discrétion, je n'ai pas insisté. Pourquoi me fuyaient-ils ? Moi, l'artisan de leur bonheur ! Je guettais à tout hasard les programmes du Casino de Knokke-Le-Zoute.

J'ai appris l'affreuse nouvelle, un an plus tard, de la bouche même du juge d'instruction. Vergrhurge avait été retrouvé mort, sauvagement assassiné de dix-sept coups de couteau, dans le salon coquet où, six mois plus tôt, il imitait la Callas. « Une affaire de mœurs et de drogue », disaient les journaux. « Enchaîné à un radiateur, le gynécologue a payé de sa vie son goût pour les mauvais garçons. »

Pauvre Jimmy ! Il ne chantera jamais au Casino de Knokke-Le-Zoute ! Tout ça pour une querelle d'amoureux qui a mal tourné.

On devrait toujours se méfier d'un docteur belge qui vous fait les lignes de la main !

12.

Nicole V. finira bien par parler.

C'est la dernière distraction des dames d'âge. Je vais parfois la visiter chez elle, rue Raymond-Losserand à Courbevoie. Elle occupe un trois-pièces charmant dans ce quartier d'avant la première guerre et qui vit naître une actrice du nom d'Arletty. Avec la pension de feu Monsieur le sénateur son mari, Nicole pourrait mener une existence oisive, mais elle dirige, pour s'occuper, l'économat d'une maison de retraite bourgeoise à La Celle-Saint-Cloud.

Elle teint ses cheveux maintenant. Apparemment elle n'a pas encore renoncé à plaire. On dit même que le jeune chef cuisinier profite de ses largesses. Comme moi avant lui !

J'aurais tant aimé être irremplaçable. Elle me console comme autrefois en arrosant ses géraniums et je la regarde, ému, en fumant les Lucky Strike qu'elle achète pour moi. Elle habite seule. Rien ne la distingue des pensionnaires de la « Résidence des Bleuets », si ce n'est cette manière de croiser les jambes un peu haut que les filles attrapent, à seize ans, dans les bals du dimanche.

Si ces dames savaient, elles signeraient une pétition pour qu'on la renvoie.

– Une criminelle ici, c'est une honte !

Et pourtant, elle est une partenaire plaisante au

bridge. Qui pourrait soupçonner une femme si bien de sa personne, qui porte d'impeccables chemisiers blancs et met des gants pour arroser ses géraniums ? La vérité n'est pas bonne à dire. Elle change tout le temps.

Madame Nicole n'est plus Nicole V. Je suis sans doute le dernier témoin des jours heureux. Je l'agace sûrement mais elle me pardonne, elle m'a toujours tout pardonné.

Elle change seulement de conversation quand je remonte un peu trop loin. Nicole s'étonne que je n'aie pas réussi dans la vie, elle me trouve « dilettante », dit-elle.

— On t'a trop gâté, Marc et moi. À propos, comment va-t-il, tu as de ses nouvelles ?

— Oui, Marc m'écrit chaque année, il a épousé une Suédoise catholique qui se nourrit de poissons crus et de riz complet, une femme pâle comme on en voit dans les magazines de diététique. Elle lui a fait des bébés qui ont grandi depuis. Il voulait que je sois le parrain de son troisième fils. C'était gentil mais trop triste. L'Église, la belle-famille, le septième arrondissement...

Marc a dû se convertir par amour, quelle histoire quand même !

Tout cela est trop compliqué pour moi, il y a trop de monde autour de lui et j'ai passé l'âge de me faire baptiser. Nicole prétend que ce n'est pas une excuse valable. Elle glisse ses doigts dans mes cheveux blonds, la journée passe ainsi, aussi vite que la vie, et il m'arrive de m'endormir sur le canapé du salon quand j'ai trop bu de champagne-framboise en souvenir de ma jeunesse dans les jardins du Casino de Marrakech.

Je n'oublie rien. Ceux qui m'ont quitté l'ont fait sans ma permission. Quand ils regrettent, il est trop tard. Le fils aîné de Marc aura bientôt l'âge que j'avais quand j'aimais son père et l'on voudrait que je sois primesautier. On se trompe toujours quand on jure de ma gaieté naturelle, même quand je chantais des twists légers, j'avais la tête ailleurs.

S'il suffisait de faire le mariolle autour d'un flipper scintillant avec des lycéens pour être heureux ce serait trop simple.

Je reste l'insupportable spectateur de ma vie, celui qui veut sans cesse prolonger le premier acte.

J'ai croisé François il y a quelques jours, place du Tertre à Montmartre. Il sortait d'une galerie de peinture accompagné d'une femme, peintre elle-même, genre ancienne actrice des Bouffes-Parisiens, elle fumait dans la rue, lui riait. Le héros de mon enfance avait trouvé son rôle, il riait dans la rue en donnant le bras à une théâtreuse d'autrefois que Guitry adorait probablement et qui avait brisé la carrière d'un président du Conseil sous la IIIe République.

Il faut des François pour égayer l'hiver des veuves de la gloire. Je connais le mien, il est né pour cela. Elle l'emmène aux premières où on l'invite encore, ils prennent le thé rue de Rivoli, et elle lui raconte sûrement qu'elle recevait ses copines au ministère avant qu'ils n'en fassent un musée, quand Paul gérait aussi les finances de la France.

Ils vont très bien ensemble, peut-être partagent-ils le même gigolo comme au théâtre sur les boulevards ?

J'étais là à deux pas de François, lui-même vite entouré par une foule de touristes contents qui s'engouffraient dans le cabaret d'en face. Un monde désormais entre nous. Et son rire dans la rue, qui ne prouve rien.

C'est bien joli les souvenirs, mais ils s'embrouillent aussi, comme le ciel. À quelques kilomètres près, je ne retrouve plus Madeleine Sologne là où je la croyais hier encore. Alors je renonce à chercher, je m'en vais boire des bières belges et manger des harengs de la Baltique dans les cafés d'Anvers, là-bas où rien ne peut excuser ma mélancolie. Et j'envoie des cartes postales à mes parents, pour leur faire croire que je voyage à l'étranger pour affaires.

Mon père est toujours communiste, ma mère aussi, paraît-il ! Il n'y aura bientôt plus qu'eux mais cela me réconforte les jours où tout bouge autour de moi. Je n'ai jamais osé leur dire que Lita avait épousé un dictateur africain et maintenant que les bulldozers sont passés sur le Concert Mayol, je n'ai plus aucune raison d'espérer.

Si longtemps après, je pourrais me vanter devant des jeunes gens ébahis. Mais ce serait trop facile. On parle, on parle, la nostalgie s'en mêle et l'on prend vingt ans de plus, ce qui n'est jamais bon avant de s'endormir.

Je pourrais m'écrier les soirs d'euphorie au bar du Fouquet's « ma vie est un roman » mais tout le monde peut dire cela. Il ne suffit pas d'avoir emballé une pin-up italienne, une postière de Levallois-Perret, et une meneuse de revue pour se croire unique en son genre, et ce n'est pas mon aventure avec un garçon qui va impressionner une génération qui regarde six chaînes de télévision à la fois. Non décidément, avoir eu vingt ans au dancing de La Coupole n'arrange rien.

La supériorité du cha-cha-cha ne rend pas forcément irrésistible. Je n'en demande pas tant mais j'aimerais bien que l'on s'émeuve avec moi en regardant les photos que Robert Doisneau a prises, à Montrouge, autrefois, quand ma mère chantait.

Depuis ces jours anciens, j'ai ri bien sûr, j'ai chanté aussi. Et j'en connais même qui sont prêts à parier sur ma bonne mine que j'ai tout pour être heureux !

Je ne les crois pas mais cela me rassure parfois. Je sauve les apparences de mon mieux. Je suis bavard mais je ne dis rien. À quoi bon déranger les fantômes quand la fête tourne rond ? La musique d'aujourd'hui fait tant de bruit que personne ne l'écoute, alors par politesse je fais semblant d'être là, attentif et capricieux, comme les enfants au pied du manège, et qui voudraient bien monter et qui ont peur.

Composition réalisée par NORD COMPO

Achevé d'imprimer en septembre 2006 en France sur Presse Offset par

BRODARD & TAUPIN

GROUPE CPI

La Flèche (Sarthe).
N° d'imprimeur : 36604 – N° d'éditeur : 75821
Dépôt légal 1re publication : septembre 2006
LIBRAIRIE GÉNÉRALE FRANÇAISE – 31, rue de Fleurus – 75278 Paris cedex 06.

31/1752/0